U0919191

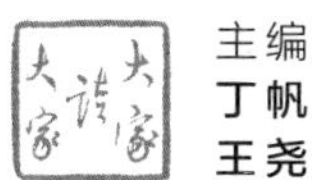

主编
丁帆
王尧

隐匿的大师

铁凝 著

译林出版社

图书在版编目（CIP）数据

隐匿的大师／铁凝著．—南京：译林出版社，2021.10
（大家读大家．第四辑）
ISBN 978-7-5447-8810-6

I.①隐… II.①铁… III.①世界文学－文学评论－文集 IV.①I106-53

中国版本图书馆 CIP 数据核字（2021）第 163773 号

本书受"南京大学人文社科资助项目"资助。

隐匿的大师　铁　凝／著

主　　编　丁　帆　王　尧
策　　划　江苏明哲文化发展有限公司
责任编辑　罗颖杰
装帧设计　周伟伟
校　　对　蒋　燕　王　敏
责任印制　颜　亮

出版发行　译林出版社
地　　址　南京市湖南路 1 号 A 楼
邮　　箱　yilin@yilin.com
网　　址　www.yilin.com
市场热线　025-86633278
排　　版　南京展望文化发展有限公司
印　　刷　徐州绪权印刷有限公司
开　　本　850毫米 × 1168毫米　1/32
印　　张　9.25
插　　页　4
版　　次　2021 年 10 月第 1 版
印　　次　2021 年 10 月第 1 次印刷
书　　号　ISBN 978-7-5447-8810-6
定　　价　55.00 元

主编序

丁 帆 王 尧

在整个世界疫情蔓延的时代，文学应该用大写的人性来书写人类的生活。我们和明哲文化公司策划的“大家读大家”丛书自第一辑出版始，有效促进了文学领域的“全民阅读”。第一辑中最早出版的毕飞宇的《小说课》，以及随后陆续出版的李欧梵、张炜、马原、苏童、叶兆言、王家新等诸位大家的作品成为二〇一七年一道引人瞩目的阅读风景线。在这非凡气象之后，我们又紧锣密鼓地策划了“大家读大家”丛书第二辑和第三辑。

“大家读大家”丛书的策划包含着这样两层含义：邀请当今的人文大家（包括著名作家、某个领域内的专家）深入浅出地解读中外大家的名作；让大家（指普通阅读者）来共同分享大家的阅读经验。前一个“大家”放下身段，为后一个“大家”做普及与解惑的工作，这种互动交流的目的，就是想让两个“大家”来合力推动当下的“全民阅读”，使其朝着一个既生动有趣，又使读者能轻松愉悦地获得人文核心素养的轨道前行。

在我们儿时并不丰富的阅读记忆中，《十万个为什么》或许是最重要的一套书。我们在轻松愉悦的阅读中获得了一些科普常识，萌生了探究世界的好奇心，潜移默化地养成了看世界的视角。这是曾经的“大家”读“大家”的历史。我们常与一些作家、批评家同人闲聊，谈起为科普知识，一些科学家绞尽脑汁地为非专业读者写书但并不成功的例子，很是感慨。究其缘由，我们猜度，或许就是长期以来我们培养的科学家缺少人文素养的熏陶和写作技巧的训练，理性思维发达，感性思维欠缺，甚而缺少感性的表达方式。没有自己的语言表达方式或者无法表达自己，是很大范围存在的文化危机。多年来文学教育的缺失是原因之一，没有诗和远方，国民整体文学素养凝滞，全社会人文素质缺失，这是当下亟待解决的文化危机。

我们在这样的危机中，心怀拯救危机的理想抱负。百无一用是书生，但书生有书，读书，写书。倘若中国当下杰出的人文学者，首先是一流作家和从事文学研究的专家学者，换一种思维方法和言说方式，重返文学作品的历史现场，用自身心灵的温度和对文学的独特理解来体贴经典，触摸经典，解读经典，或许会奏出不同凡响的音符；在解读经典的同时，呈现自己读书和创作中汲取古今中外文史哲大家写作营养的切身感受，为广大的普通读者提供一种阅读的鲜活经验，如此这般，作者和读者岂不快哉！于是，我们试图由文学阅读开始，约请创作领域里的著名作家和艺术家以及文史哲和艺术学科门类中术业有专攻的优秀学者，分别撰写他们对古今中外名家名著的独特解读，以期与广大的读者诸君携手徜徉于文化圣殿，去浏览和探究中国与世界瑰丽的文化精神遗产。

已经与大家见面的丛书第一辑，是一批当代著名作家的读书笔记或讲稿的结集。无疑，文学是文化最重要的基石，一个国家和民族可以缺少面包，但是不能没有文学的滋养。文学作为人们日常精神生活不可或缺的人文营养补给，是人之生存和持续发展的精神食粮。作为专家的文学教授对古今中外名著的解读固然很重要，但是，在创作第一线的作家们对名著的解读似乎更接地气，更能形象生动地感染普通的读者，这就是我们首先推出当代著名作家读经典文本的原因所在。

如今，许多大学的文学院或中文系都相继邀请了一批知名作家进入教学科研领域，打破了“中文系不是培养作家的摇篮”的学科魔咒。在大学里的作家并非只是学校的“花瓶”，他们进入课堂的功能何在？他们会在什么层面上改变文学教育的现状？他们对于大学人文教育又有什么样的意义？这些都是绕不过去的问题。其实，这是中国现代大学的一个传统，许多我们熟悉的现代文学大家同时也是著名大学的教授。这一传统在新世纪得以赓续。十年前复旦大学中文系邀请王安忆做创作专业教授的时候就开始尝试曾经行之有效的文学教育模式。近些年许多大学聘任驻校作家：北京师范大学成立了由诺贝尔文学奖得主莫言主持的国际写作中心，苏童、欧阳江河等著名作家调入北师大；阎连科、刘震云、王家新等也正式进入中国人民大学的文学殿堂授课；毕飞宇成为南京大学文学院的教授。这都是文学教育进入国民教育序列的明证。

在策划这套丛书的过程中，我们首先做了一个课堂实验，在南京大学请毕飞宇教授开设了一个读书系列讲座，他用自己独特的感受去解读中外名著，效果奇好。毕飞宇的课堂教学意趣盎然、生动入微，看似在娓娓叙述一个作家阅读文本时的独特感知，殊不知，其中却蕴含了一种从形下到形上的哲思。他开讲的第一篇就是我们几代人都在初中课本里读过学过的名作《促织》，这篇被许许多多中学、大学教师嚼烂了的课文，却在他口吐莲花的叙述中化作了一道独特的绚丽彩虹，讲稿甫一推出，就在互联网上广泛传播。仔细想来，这样的文本解读不就是替代了我们大中小学师生们都十分头疼的写作课的功能吗？不就是最好的文学鉴赏课吗？我们的很多专业教师之所以达不到这样的教学效果，最根本的原因就是他们只有生搬硬套的“文学原理”，而没有实践性的创作经验，敏悟的感性不足，空洞的理性有余，这显然是不能打动和说服学生的。反观作为作家的毕飞宇教授的作品分析，更具有形下的感悟与细节分析能力，在上升到形上的理论层面时，也不用生硬的理论术语概括，而是用具有毛茸茸质感的生动鲜活的生活语言解剖经典，在给读者审美愉悦的同时达到人文素养的教化之目的。这就是我们希望在创作第一线的作家也来“操刀解牛”的缘由。

“大家读大家”第一辑的作者，都是文学领域的著名作家。马原执教于同济大学，他在课堂上解读外国作家经典，讲稿出版后深受广大读者的欢迎。因为体例原因，王安忆老师的书稿由人民文学出版社另行出版了。哈佛荣休教授李欧梵先生，因学术的盛名，而使读者忽视了他的小说家、散文家的身份。李欧梵教授在文学之外，在电影、音乐艺术领域均有极高的造诣，其文字表达兼具知性与感性。收录在丛书中的这本书，谈文学与电影，别开生面。张炜从九十年代开始就出版了多种谈中国古典文学、中国现代文学、外国文学（尤其是俄罗斯文学）的读书笔记，他融通古今，像融入野地一样融入经典之中，学识与才情兼备。才华横溢的苏童，不仅是小说高手，他对中外小说的解读细致入微，以文学的方式解读文学，读书笔记如同他的小说和散文一样充满了诗性。叶兆言在文坛崭露头角之时，就是公认的学者型作家，即便置于专业人士之中，他也是饱学之士。叶兆言在解读作家作品时的学养、识见以及始终弥漫着的书卷气令人钦佩。王家新既是著名诗人，亦是研究国外诗歌的著名学者，他用论文和诗歌两种形式解读国外诗人，将学识、情怀与诗性融为一体。我们这些简单的评点，赢得了读者的认同。我们将陆续推出当今著名作家解读中外大作家的系列之作，以弥补文学阅读中理性分析有余而感性分析不足的遗憾，让更多的普通读者也能通过删繁就简的阅读引导走进文学的殿堂。

“大家读大家”丛书第二辑，收录了夏志清、王德威、白先勇、宇文所安、孙康宜、胡晓真、田晓菲、张小虹几位大家的书稿。无论是作家、学者，还是学者兼作家，他们几乎都是文章高手。用英文写作的宇文所安，是海外研究中国文学的大家，在他即将从哈佛大学荣休之际，出版他的大作，也是向他致敬的一种方式。值得注意的是，白先勇先生、胡晓真女上、张小虹女士，他们或有祖国宝岛台湾的生活经历，或长期在台湾的研究机构和大学从事教学研究，用一样的母语写作，但有不完全一样的表达。彼岸学者、作家的阅读经验和修辞方式，自然而然丰富了我们的表达。夏志清、王德威、孙康宜（她的部分文章是英文撰写）、田晓菲兼具中国文化和西方文化的背景，他们的阅读和写作，为我们提供了多元文化背景的参照。无疑，不少从事文学研究的学者也擅长生动的语言表达，他们对中外著名作家作品的解读、对其在文学史上的定位更有学术的权威性，这类大家读大家同样是重要的。但我们和广大读者一样，希望看到的是他们脱下学术的外衣，放下学理的身段，用文学的语言来生动地讲解中外文学史上的名人名篇。

"大家读大家"丛书第三辑，内容集中在外国文学。在解读世界文学名人名篇之时，我们不但约请学有专攻的外国文学的专家学者执牛耳，还将倚重一批著名的翻译大家担当评价和解读名家名作的工作。把他们请进这个大舞台，无疑是给这套丛书增添了一道亮丽的风景线。新文学百年来翻译的外国作家作品可谓汗牛充栋，但是，我们的普通阅读者由于缺乏历史背景知识，很难读懂那些皇皇的世界名著所表达的人文思想内涵。在茫茫译海中，人们究竟从中汲取到了多少人文主义的营养呢？抱着传播世界精神文化遗产之目的，我们在"大家读大家"丛书里将这一模块作为一个重头戏来打造，有一批重量级的学者和翻译大家做后盾，我们对此充满信心。

“大家读大家”第四辑，又成为中国著名作家言说经典的阵地，《隐匿的大师》是铁凝漫谈文学与艺术的散文随笔集，分为读人、读书、读画、读世四辑。“读人”述及作者与杨绛、孙犁、马识途、徐光耀、大江健三郎等前辈的交往，情真意切；作者分享了林风眠、丰子恺、汪曾祺等名家对她艺术与人生的滋养，娓娓道来。“读书”回顾铁凝自身的创作经验，涉及《哦，香雪》《笨花》《永远有多远》等小说名篇，同时也探讨了作家的责任感、创作的驱动力等相关文学理念。“读画”既深情回忆了一批中国画家，如张德育等对作者的艺术熏陶，又一针见血地评论了勃鲁盖尔、弗美尔、库尔贝、列宾、米勒、莫奈、雷诺阿、埃贡·席勒、夏加尔、霍珀、怀斯的绘画名作，鉴赏分析往往带有独特的女性视角，令人颇受启发。“读世”结集作者早年写作的随笔散文，从论人到论世，深具哲理性。阅读这本《隐匿的大师》，读者既可以与这些大师产生共情与共鸣，又能深切体会到文学与艺术点亮人生幽暗的意蕴。

《作家们的作家》是阎连科的文学阅读札记，全书分五辑，涉及拉美文学、俄苏文学、欧美文学、亚非文学等多个主题。在当代作家中，阎连科对外国文学的接受颇具代表性，他不断汲取经验并形成独立的文学风格。在本书中，他作为领读人，与读者分享“经典之美”：《变形记》《百年孤独》《这里的黎明静悄悄》《伊豆的舞女》《我的名字叫红》《我的米海尔》……他以小说家的视角回顾自己的阅读之路，深入浅出，讲述文学经典如何被一代代创作、解读、传承。

《文明的边界》是格非对十九世纪中叶至二十世纪的三位作家罗伯特·穆齐尔、志贺直哉与麦尔维尔的文学评论集，主要讨论了穆齐尔的《没有个性的人》、志贺直哉的《暗夜行路》以及麦尔维尔的《白鲸》等几部作品。他们是来自欧洲、亚洲、美洲不同地域的作家，生活在不同社会或时空关系中，但他们的生活和写作活动，却形成了令人不可思议的亲缘性。他们都是从传统自然过渡到现代文明的居间者，在试探文明的边界之路上踽踽独行，以各具神采的作品，为人类和文明的危机发出预警。在他们向未来眺望的目光中，我们身处其间。

《局内人的写作》是李洱的文学阅读笔记。全书分五辑：“读与写”谈论博尔赫斯、加缪、卡佛等对当代文学的启迪；“纪念”追忆巴金、钱谷融、雷达、史铁生等已故名家的文学成就；“相遇”回溯与张炜、格非、梁鸿等当代作家的交往；“由作品说开去”从《红楼梦》等典型文本出发，探讨文学的艺术性、道德感、价值观等基本问题；“对话”是作者与学者、评论家、媒体记者的对谈实录。“我讲述了我对人与事、文学与时代的一些看法，正是那样的一些看法，决定了我为什么会写出那些作品，也决定了作品的成功与失败。”本书是作者文学观、创作观的一次集中呈现，也是一堂高水准的经典文学阅读课。

《大师创造的世界》是读书达人、著名作家邱华栋多年累积、精心遴选的阅读笔记。作为深受世界文学滋养的当代文学名家，邱华栋在本书中将目光聚焦于十九世纪下半叶至今、对世界文学格局产生深刻影响的十数位大家：从乔伊斯、卡夫卡等欧洲现代主义小说大师，到海明威、索尔·贝娄等二战后美国小说巨擘，再到鲁尔福、加西亚·马尔克斯等拉美“文学爆炸”巨匠……他以丰厚广博的阅读为积淀，深入浅出，以抽丝剥茧的方式进行文本细读，细致梳理这些文学大师各异的生命之路与瞩目的文学成就。每篇后附有关于该作家详尽的阅读书目，助益普通读者亲近大师，走进他们的文学世界。

“大家读大家”丛书的策划、写作和出版，是一个长期而艰巨的工程，我们将用毕生的精力去打造它。我们希望这套丛书成为我们国家和民族人文核心素养提升的一个大平台，为普及文学的人文精神开辟一条新的航道。

非常感谢译林出版社和明哲文化公司为“大家读大家”

第四辑所付出的心血，使得本丛书顺利出版，以飨读者。向写作的大家致敬！向阅读的大家致敬！

2021 年 7 月 19 日修改

目　录

代序

辑一　读人

代序
文学是灯
——东西文学经典与我的文学经历[1]

文学给我恩泽和"打击"

二十一世纪初年，有媒体问了我一个问题，让我举出青少年时期对自己影响最深的两本文学作品，前提是只举两本。一本中国的，一本外国的。这提问有点苛刻，尤其对于写作的人。这是一个谁都怕说自己不深刻的时代，如果我讲实话，很可能不够深刻；如果我讲假话，列举两本深奥的书，可那些深奥的书在当时并没有影响我——或者说没有机会影响我。最后我还是决定说实话。我出生在一个知识分子家庭，上世纪七十年代初是我的少年时代，正值中国的"文

1 此文为作者二〇〇八年在首届韩日中东亚文学论坛上的主旨演讲。

化大革命”。那是一个鄙视知识、限制阅读的文化荒凉的时代。又因为出身的灰色，内心便总有某种紧张和自卑。我自幼喜欢写日记，在那个年代紧张着自卑着也还坚持写着，只是那时的日记都是“忏悔体”了。我每天都在日记里检讨自己所犯的错误，期盼自己能够成为一个纯粹的人。实在没有错误，还会虚构一点写下来——不知这是否可以算作我最初的“文学训练”。

在那样一个历史时期，我们所能看到和听到的文艺作品更多的是愤怒、仇恨以及对个体的不屑。就是在这样的日子里，我读到一部被家中大人偷着藏起来的书，是法国作家罗曼·罗兰的《约翰·克利斯朵夫》。记得扉页上的题记是这样两句话：“真正的光明绝不是永没有黑暗的时间，只是永不被黑暗所淹没罢了；真正的英雄绝不是永没有卑下的情操，只是永不被卑下的情操所屈服罢了。”这两句话使我受到深深的感动。一时间我觉得这么伟大的作家都说连英雄也可以有卑下的情操，更何况我这样一个普通人呢。正是这两句话震撼了我，让我偷着把我自己解放了那么一小点又肯定了那么一小点，并生出一种既鬼祟又昂扬的豪情，一种冲动，想要为这个世界去做点什么。所以我说，《约翰·克利斯朵夫》在文学史上或许不是一流的经典，但在那个特殊年代，它对我的精神产生了重要影响。我初次真正领略到文学的魅力，这魅力照亮了我精神深处的幽暗之地，同时给了我身心的沉稳和力气。另一本中国文学，我选择了《聊斋志异》这部中国清代的短篇小说集。在那个沉默、呆板和压抑的时代读《聊斋》，觉得书中的那些狐狸，她们那么活泼、聪慧、率真、勇敢而又娇憨，那么反常规。作者蒲松龄生活在同样也很压抑的清代，他却有那么神异、飞扬、趣味盎然的想象力，他的那些充满人间情味的狐仙鬼怪实在是比人更像人。她们悲喜交加的缠绵故事，为我当时狭窄的灰色生活开启了一个秘密的有趣味的，又不可与人言的空间。我要说，这就是在我的青春期文学给我的恩泽和“打击”。这“打击”具有一种宝贵和难忘的重量，它沉入我的心底，既甜蜜又酣畅。

我的文学之梦也就此开始。一九七五年我高中毕业后，受了要当一个作家的狂想的支配，自愿离开城市，来到被称作华北大平原的乡村当了四年农民，种了四年小麦和棉花。中国乡村是我从学校到社会的第一个落脚点，到达乡村之后接触最多的是和我年龄相差无几的女孩子。每天劳动甚至整夜浇灌庄稼，我都和她们在一起。对我来说，最初的劳动实在是艰苦的，我一方面豪迈地实践着，又带着一点自我怜惜的、做作的心情。所以，当我在日记里写到在村子里的玉米地过十八岁生日，手上磨出了十二个血泡时，我有一种炫耀感。那日记的话外音仿佛在不停地说：你看我多肯吃苦啊，我手上都有十二个血泡了啊！我不仅在日记里炫耀我的血泡，也在庄稼地里向那些村里的女孩子展览。其中一个叫素英的捧住我的手，看着那些血泡，她忽然就哭了。她说这活儿本来就不该是你们来干的啊，这本来应该是我们干的活儿啊。她和我非亲非故，她却哭着，觉得她们手上有泡是应该的，而我们是不应该到乡村来弄满手血泡的。她捧着我的手，哭着说着一些朴素的话，没有一点怨毒之心。我觉得正是这样的乡村少女把我的不自然的、不朴素的、炫耀的心抚平了，压下去了。是她们接纳了我，成全了我在乡村，或者在生活中看待人生和生活的基本态度。

岁月会磨损掉人的很多东西，生活是千变万化的，一个作家要有能力打倒自己的过去，或者说不断打倒自己，但是你同时也应该有勇气站出来守住一些东西。三十多年已经过去，今天我生活在北京，我的手不会再磨出十二个血泡，也再不会有乡村的女孩子捧着我的手站在玉米地里痛哭。值得我怀恋的也不仅仅是那种原始、朴素的记忆，那些醇厚的活生生的感同身受却成了我生活和文学永恒不变的底色。那里有一种对人生深沉的体贴，有一种凛然的情义。我想，无论生活发生怎样的变化，无论我们的笔下是如何严酷的故事，文学最终还是应该有力量去呼唤人类积极的美德。正像大江健三郎先生的有些作品，在极度绝望中洋溢出希望。文学应该是有光亮的，如灯，照亮人性之美。

文学点亮人生幽暗

文学是灯。这样说话在今天也许有点冒险。文学其实一直就不在社会生活的中心，特别是在信息时代的今天。但我仍然要说，我在文学和文化最荒凉的上世纪七十年代爱上了文学，今天，当信息爆炸——也包括各种文化信息的爆炸再次把文学挤压到一个稍显尴尬的角落的时刻，我仍然不想放弃对文学的爱。读乔尔·科特金的《全球城市史》，他谈到要成为世界名城必须具备精神、政治、经济三个方面的特质，那就是：神圣，安全，繁忙。毫无疑问，我们正在目睹世界很多大都市的繁忙。这里所说的繁忙特指对财富孜孜不倦的追求，如亚当·斯密所倡导的那样。当时有人形容他的声音在世界的耳朵里响彻了好几十年。但实现经济大国的目标，并不意味着现代公民就一定出现。而一座城市的神圣，从广义上也可以理解为高尚信仰的自觉，道德操守的约束，市民属性的认同，以及广博的人性关怀。

我想一座城市如香槟泡沫般璀璨的灯火里，一定有一盏应该属于文学。文学是灯，或许它的光亮并不耀眼，但即使灯光如豆，若能照亮人心，照亮思想的表情，它就永远具备着打不倒的价值。而人心的诸多幽暗之处，是需要文学去点亮的。自上世纪七十年代初期开始，在阅读中国和外国文学名著并不能公开的背景下，我以各种可能的方式陆续读到托尔斯泰、陀思妥耶夫斯基、普希金、蒲宁、契诃夫、福楼拜、雨果、歌德、莎士比亚、狄更斯、奥斯丁、梅里美、司汤达、卡夫卡、萨特、伯尔、海明威、厄普代克、川端康成等品貌各异的著作。虽然那时我从未去过他们的国度，但我必须说，他们用文学的光亮烛照着我的心，也照耀出我生活中那么多丰富而微妙的颜色——有光才有颜色。而中国唐代诗人李白、李贺的那些诗篇，他们的意境、情怀更是长久地浸润着我的情感。从古至今，人世间一切好的文学之所以一直被需要着，原因之一是它们有本领传达出一个民族最有活力的呼吸，有能力表现出一个时代最本质的情绪，它们能够代表一个民族在自己的时代所能达到的最高的想象力。

我青少年时期的文学营养，由于中国特殊的政治、文化背景，若用吃东西来做比喻，不是你想吃什么就有什么，而是这儿有什么你就吃什么。正如苏联作曲家肖斯塔科维奇所说："端给你的是啤酒，你就不要在杯子里找咖啡。"但那时的我，毕竟还是鬼鬼祟祟、偷偷摸摸地在"杯子"之外找到了"咖啡"，一些可以被称作经典的文学。它们外表破旧、排名无序、缺乏被人导读地来到我的眼前，我更是怀着对"偷来的东西”的兴奋之情持续着混乱的阅读。时至今日，当阅读早就自由，而中国作家趁着国家改革、国门敞开，中国越来越融入世界的时代大背景，积极审视和研究各种文学思潮、自觉吸纳和尝试多种文体的实验。当代东西方名著也源源不断地扑面而来，即使在这样的大背景下，我仍然怀念过去的岁月里对那些经典的接触。那样的阅读带给我最大的益处，是我不必预先接受评论家或媒体的论断，以不带偏见的眼光看待世界上所有能被称为经典的文学。其实若把文学简单分为两类，只有好的和不好的。而所有好的文学，不论是从一个岛、一座山、一个村子、一个小镇，还是从一个人、一群人或者一座城市、一个国家出发，它都可以超越民族、地域、历史、文化和时间而抵达人心。也因此，我对文学的本质基本持一种乐观的认识。

用谦逊照亮内心

文学和写作也使我知道，不论东方与东方之间还是东方与西方之间，不论我们的文化传统有多少不同，我们的外表有多大差异，我们仍然有可能互相理解，并互相欣赏彼此间文化的差异。毕加索曾经坦言中国的木版年画带给他灵感，二十世纪法国的具象绘画大师巴尔蒂斯是那样钟情于中国宋代画家范宽。

二〇〇六年秋天我在日本访问时特别去了仙台医学院，鲁迅先生曾经在那里学习。和经济系的几位教授聊天，我发现他们非常热衷于谈论鲁迅，并为他感到自豪。他们谈到他并不特别优秀的成绩，他和藤野先生之间的别扭，画解剖图时只求美观，把一条血管画到脖子外边去了，还和老师争辩的可爱的固执……他们没有把他看作圣人，但是他们爱他。他们和仙台市民自发地编演了一出《鲁迅在仙台》的话剧。这一切使我感到亲切，我看到了一位经典作家和他的文学经典是怎样长久地活在普通人心中，并给他们的身心带来充实的欢乐。

文学是灯，这说法真的有些冒险吧？但想到任何同创造有关的活动都有冒险的因素，我也就不打算改口了。我要认真对待的是，坚持写作的难度，保持对人生和世界的惊异之情，以及对人类命脉永不疲倦的摸索，以自己的文学实践去捍卫人类精神的健康和心灵真正的高贵。我知道这是极不容易的。几年前我曾经从一个外行的角度写过一本谈论画家和绘画的小书《遥远的完美》，在书的后记中我写道，几十年的文学实践使我感受到绘画和文学之间的巨大差异：在作家笔下无法发生的事情，在好画家的笔下，什么都有可能发生。我又感受到艺术和文学之间的相似：在本质上它们共同的不安和寂寞，在它们的后台上永远有着数不清的高难度的训练，数不清的预演，数不清的或激昂或乏味的过程。然而完美距离我们始终是陌生而又遥远的，因为陌生，才格外想要亲近；因为遥远，才格外想要追寻。我看到在文学和艺术发展史上从来就没有从天而降的才子或才女。当我们认真凝视那些好作家、好画家的历史，就会发现无一人逃脱过前人的影响。那些大家的出众不在于轻蔑前人，而在于响亮继承之后适时地果断放弃，并使自己能够不断爆发出创新的能力。这是辛酸的，但是有欢乐；这是“绝情”的，却孕育着新生。于是我在敬佩他们的同时，也不断想起谦逊这种美德。当我们固执地指望用文学去点亮人生的幽暗之处时，有时我会想到，也许我们应该首先用谦逊把自己的内心照亮。

面对由远而近的那些东西方文学经典和我们自己的文学实践，要做到真正的谦逊是不容易的，它有可能让我们接近那遥远的完美。但真正的抵达却仍然是难以抵达。我对此深信不疑。

辑一

读 人

沉淀的艺术和我的沉淀

先前，每当我听到或看到林风眠这个名字，就想起一种闭眼迎风而立的小鸟。这个莫名其妙的联想悠远而顽固。自那时起，我面前便常有几张林风眠画册的散页：一种发黄的卡纸，16开大小。纸上有瓶中的花、水中的天、天中的水，也有淡淡着色的仕女。后来我才懂得，这是一种出版规格不高的出版物。这几张散乱的画页，竟伴着我和我的家，几经周折幸存到今天。在家中的书画连连失散，又常常被筛选着作为废纸变卖的岁月中，我不知它们怎么留存了下来。有一次我面对这几页越来越黄的纸问父亲，一定是他精心保存下来的吧。他说，并非。他说先前他并不喜欢林风眠。他说的先前自然是青年时学艺术的他。他甚至告诉我，在展览会上他们面对林风眠的原作，都很不以为然。那时他们正学着一种很是被青年称道的画风，那画风始于苏联的契斯佳科夫和列宾，人们称之为“苏派”。青年人喜欢苏派写实的魔力，喜欢它笔触和颜色的“帅”劲儿。而林风眠却被青年人、被艺术界冷落着。

“现在呢？”我问父亲。

“现在当然不一样了。”

这“不一样了”便是对林风眠的认可吧。这或许就是艺术的沉淀和我的沉淀的道理。

我不知他人认识林风眠，是否都经历过由不认可到认可的过程，但这位艺术大师对于我，也是经历了这个过程的，虽然我不是位造型艺术家，没有受过苏派写实主义的影响。

我常想，是什么原因使我认可了林风眠的，而这，明明是在我于纽约、于奥斯陆欣赏了许多大师的杰作之后。那时我站在伦勃朗、梵高、蒙克的作品前，想到过许多中国艺术家，但还是没有林风眠。

去年在北京，路过中国美术馆，偶见林风眠画展的广告，便信手买得门票走了进去。不知为什么，眼前的林风眠突然变作了另一个人。我熟悉的那几张瓶中花、水中天和仕女们都在，在这里却变得光彩照人起来，一时间我心情激荡甚至胜过了在纽约、在奥斯陆的博物馆里。如果我对前者的激动里包括了一种新奇感和神秘感，那么现在分明是受了一种光彩的照耀，因为墙上的作品实在是发着光的。几天后我回到家，连忙又翻找出那几张发黄的卡纸，那几张印刷品也突然新奇起来。

我从未大言不惭地说，现在我已懂得林风眠了。但我完全可以说，林风眠的画分明已和我有着交流了。

任何艺术作品（文学也一样）都要被历史做些沉淀的。在艺术作品本身正经历着沉淀的时候，作为读者的我们也正经历着沉淀。经过了这种沉淀，读者和艺术、艺术和读者才走到一起来，这又仿佛是艺术对你的认可。

由于对林先生作品的兴趣，近来也不断翻找些研究林先生的文章。原来文章很少，只在林先生的画展之后，国内杂志才陆续发表了几篇。文章角度虽各有不同，但大都是写先生的画风和人品的。我这才得知，林先生创作最旺盛的年代是二十世纪五六十年代。那时中国文艺界正经历着风风火火，而林先生的家门却总是紧闭着，紧闭到你“叩其门才轻轻地启开一条缝”。有人说这是林先生的与世隔绝，又有人说并非如此，因为他的艺术主张一开始分明就希望遥领世界的回声。为此他还崇尚过法国属于表现主义激进派的画家卢奥，创作过像《人道》《痛苦》《悲哀》那样直面人生的油画巨作。我想，林先生的“关门”，大约是为着关住一个艺术家心中的一片宁静一份天真，为着关住他那一份不受世俗干扰的情感吧。

作为一个真正的艺术家，有时要把眼睛睁得大大的，去领略宇宙领略一个时代；有时却要把门关得紧紧的，让眼睛只盯住你眼前那一方白纸。这是不是林先生的一生？林风眠也曾“开门”，那时他连最普通的几株树、几间小屋、一条小河都百看不厌；连最没意思的电影他都认为“有形象，有动作，有变化，就有趣”。待到林先生关上门时，门就久叩不开了。

林风眠确实关住了自己的那份天真，有时关得都有点不谙世事了。难怪二十世纪五十年代，当外界都在异口同声地责骂印象主义是种颓废艺术时，有位记者问林风眠怎么看待印象主义，他却回答说：“电灯泡早就用了，还在讨论着电灯泡。”于是林先生的艺术主张和作品，自然也就沾了些颓废。

我说的还是艺术的沉淀和读者对自己的沉淀。那些能被历史沉淀下来的艺术，首先是靠了艺术家在一个变幻莫测的人类世界里对自己的沉淀。而读者要认可这些沉淀物，也有一个对自己的沉淀过程。这过程有时也需要你把眼睛睁大，从那些没意思的几株树、几间小屋，从那些没意思的电影中看出点趣味。有时也需要你关起门来，做些对自己那一份天真、那一点点真情实感的爱护。不然，你怎么会有被文学和艺术认可的可能？

几年前，孙犁先生在读过我的一篇小说后曾有封信给我，那封信竟成了人们研究我那篇小说的经典。孙犁先生在信中述说了他读我那篇小说的愉快，他说："我想：过去，读过什么作品以后，有这种纯净的感觉呢？我第一个想到的，竟是苏东坡的《赤壁赋》。"

对于《赤壁赋》，应该说我也是读过的，大约初中时就抄在本子上全篇背诵。至于读后有什么感觉，很难说。再说，当时也很难对自己做些强求。本来你脑子里正是"深挖洞，广积粮，不称霸"，每天就带着这一身"深挖洞"之后疲乏的筋骨回到家来，倒头便睡。能背过"壬戌之秋，七月既望"就算对得起为我立下这课外阅读规矩的家人了，哪儿还有精力和能力去了解对它的感觉什么的。孙犁先生的信，才诱发我又找来了《赤壁赋》。仔细读来，果然也萌生了几分"感觉"。原来你懂了"七月既望"便是七月十六日，你懂了"桂棹兮兰桨"便是桂木为棹、木兰为桨，并非懂得了《赤壁赋》。是孙犁先生提醒了我，原来《赤壁赋》里还有愉快。这愉快首先是由它的纯净而得，而孙犁先生谈的这种纯净，绝非只"白露横江，水光接天"所给予他的。这纯净应是它那超脱着宇宙、超越着时空的艺术境界。

我不断领略着《赤壁赋》所给予我的新意，直到不久前在收音机里听到著名播音员夏青的又一次朗诵，才恍然大悟：在这十几分钟的时间里，原来自己是经历了一场身在宇宙间的沉浮，而给予我生命和力量的，又分明是这个变幻无穷的宇宙。却原来，天地之间“则物与我皆无尽也”。至此，难道你真不能生出些纯净的愉快吗？

我永远也不会不自量地将我的小说与《赤壁赋》相提并论。在一个被历史沉淀下来的名篇面前，我只能感到自己的微不足道。然而，作为一个读者的我，每一次有意识地阅读和欣赏，便有一次对自己的沉淀。这也便是一幅瓶中花、一幅水中天、一幅天中水、一个看似其貌不扬的仕女越来越灿烂的原因，这个沉淀下来的你，其实是靠了它们的造就。

在希腊神话里，宙斯是众神之王。他无处不在，无所不管，才赢得了地球上不少人的崇敬和信仰。有许多故事和寓言写道，自古以来对宙斯最为虔诚的，却原来是一些文学家和艺术家。席勒有篇诗作名叫《大地的瓜分》，这诗曾被不少人引进，做着各种比喻。诗的大意是宙斯对人类说：“把世界领去！”于是，农夫、贵族、商人和国王，纷纷领走了谷物、森林、仓库和权力。待到一切都瓜分完毕，来了一位诗人，但已无任何东西可分。宙斯问诗人：“当瓜分大地时，你在何处？”诗人说：

我在你身边

我的眼睛凝视着你的面庞，
我的耳朵倾听着你天乐之声，
请原谅我的心灵，被你的天光迷住，
竟然忘记了凡尘！

读完这首诗，许多人为诗人而遗憾。

但诗人所以为诗人，艺术家所以为艺术家，正是在人家瓜分大地时，他却只盯着宙斯的缘故吧，才只剩下了他那单纯的诉说，剩下了欢乐、哀愁、孤寂、惆怅、憧憬、期望、忍无可忍的愤怒和“电灯泡早就用了”的回答。于是在他那欢笑声中，花也在欢笑了；在他那一声长叹中，秋色、水鸟、芦苇都在长叹起来；只有在梦幻中，才有目光诚挚、体态殷实的少女。

我面前还是这几页散乱发黄的卡纸。

怀念孙犁先生

上世纪六十年代后期，因为时局的不稳定，也因为父母离家随单位去做集体性的劳动改造，我作为一个无学可上的少年，寄居在北京亲戚家。

革命正在兴起，存有旧书、旧画报的人家为了安全，尽可能将这些东西烧毁或者卖掉。我的亲戚也狠卖了一些旧书，只在某些照顾不到的地方遗漏下零星的几册，比如床缝之间，或角落里的一张桌子腿儿底下……我的身高和灵活程度很适合同这些地方打交道，不久我便发现了丢落在这些旮旯里的旧书，计有《克雷洛夫寓言》、《静静的顿河》电影连环画等等，还有一本书脊破烂、作者不详、没头没尾的厚书，在当时的我看来应属于长篇小说吧。我胡乱翻起这本“破书”，不想却被其中的一段叙述所吸引。也没有什么特别，那只是对一个农村姑娘出场的描写。那姑娘名叫双眉，作者写她“哧哧的笑声”，写她抱着一个小孩用青秫秸打枣，细长身子，乌黑明亮的头发披在肩上，红线白线紫花线合织的方格子上衣，下身是一条短裤，光脚穿着薄薄的新做的红鞋。她仰头望着树尖，脸在太阳地里是那么白，眼睛是那么流动……细看，她脸上擦着粉，两道眉毛那么弯弯的，左边的一道却只有一半，在眼睛上面，秃秃的断了……以我当时的年龄，还看不懂这小说的时代背景是土改时期，不知道这双眉因为相貌出众，因为爱说爱笑，常遭村人的议论。吸引我的是被描绘成这样的一个姑娘本身，特别是她的流动的眼和突然断掉一半的弯眉，留给我既暧昧又神秘的印象，使我本能地感觉这类描写与我周围发生的那场革命是不一致的，正因为不一致，对我更有一种“鬼祟”的美的诱惑。那年我大约十一岁。多年以后我才知道这本“破书”的作者是孙犁先生，双眉是他的中篇小说《村歌》里的女主人公。

我产生要当作家的妄想是在初中阶段。我的家庭鼓励了我这妄想。父亲为我开列了一个很长的书目，并四处奔走想办法从已经关闭的市级图书馆借出那些禁读的书。在父亲喜欢的作家中就有孙犁先生。为了验证我成为作家的可能性，父亲还领我拜会了他的朋友、《小兵张嘎》的作者徐光耀老师。记得有一次徐老师对我说，在中国作家里你应该读一读孙犁。我立即大言不惭地答曰：孙犁的书我都读过。徐光耀老师又问：你读过《铁木前传》吗？我说，我差不多可以背诵。那年我十六岁。现在想来，以那样的年龄说出这样一番话，实在有点不知深浅。但能够说明的，是孙犁先生的作品在我心中的位置。

时至今日，我想说，徐光耀是我文学的启蒙老师，他在那个鄙弃文化的时代里对我写作可能性的果断肯定和直接指导，使我敢于把写小说设计成自己的重要生活理想；而引我去探究文学的本质、去领悟小说审美层面的魅力，去琢磨语言在千锤百炼之后所呈现的润泽、力量和奇异神采的，是孙犁和他的小说。

那时还没有"追星族"这种说法，况且把孙犁先生形容成"星"也十分滑稽。我只像许多文学青年一样，迷恋他的文字带给我们的所有愉悦，却没有去认识这位大作家的奢望。但是一个机会来了。一九七九年，我从插队的乡村回到城市，在一家杂志做小说编辑，业余也写小说。秋天，百花文艺出版社准备为我出版第一本小说集，我被李克明、顾传菁两位编辑热情请去天津面谈出版的事。行前作家韩映山嘱我带封信给孙犁先生。这就是我的机会，而我却面露难色。可以说，这是我没有见过世面的本能反应；也因为，我听人讲起过，孙犁的房间高大幽暗，人很严厉，少言寡语。连他养的鸟在笼子里都不敢乱叫。向我介绍孙犁的同志很注意细节的渲染，而细节是最能给人以印象的。我无法忘记这点：连孙犁的鸟都怕孙犁。韩映山看出了我的为难，指着他家镜框里孙犁的照片说："孙犁同志……你一见面就知道了。"

我带了信，在一九七九年秋日的一个下午，由李克明同志陪同，终于走进了孙犁先生的"高墙大院"。这是一座早已失却规矩和章法的大院，孙犁先生曾在文章里多次提及，并详细描述过它的衰败经过。如今各种凹凸不平的土堆、土坑在院里自由地起伏着，稍显平整的一块地，一户人家还种了一小片黄豆。那天黄豆刚刚收过，一位老人正蹲在拔了豆秸的地里聚精会神地捡豆子。我看到他的侧面，已猜出那是谁。看见来人，他站起来，把手里的黄豆亮给我们看，微笑着说："别人收了豆子，剩下几粒不要了。我捡起来，可以给花施肥。丢了怪可惜的。"

他身材很高，面容温厚，声音洪亮，夹杂着淡淡的乡音。说话时眼睛很少朝你直视，你却时时能感觉到他的关注或说观察。他穿一身普通的灰色衣裤，当他腾出手来和我握手时，我发现他戴着一副青色棉布套袖。接着他引我们进屋，高声询问我的写作、工作情况。我很快就如释重负。我相信戴套袖的作家是不会不苟言笑的，戴着套袖的作家给了我一种亲近感。这是我与孙犁先生的第一次见面。

其后不久，我写了一篇名叫《灶火的故事》的短篇小说。篇幅却不短，大约一万五千字，自己挺看重，拿给省内几位老师看，不料有看过的长者好心劝我不要这样写了，说“路子”有问题。我心中偷偷地不服，又斗胆将它寄给孙犁先生，想不到他立即在《天津日报》的《文艺》增刊上发了出来，《小说月报》也很快做了转载。当时我只是一个刚发表几篇小说的业余作者，孙犁先生和《天津日报》的慷慨使我对自己的写作“路子”更加有了信心。虽然这篇小说在技术上有着诸多不成熟，但我一向把它看作自己对文学的深意有了一点真正理解的重要开端，也使我对孙犁先生永远心存感激。

我再次见到孙犁先生是次年初冬。那天很冷，刮着大风。他刚裁出一沓沓粉连纸，和保姆准备糊窗缝。见我进屋，孙犁先生迎过来第一句话就说：“铁凝，你看我是不是很见老？我这两年老得特别快。”当时我说：“您是见老。”也许是门外的风、房间的清冷和那沓糊窗缝用的粉连纸加强了我这种印象，但我说完很后悔，我不该迎合老人去证实他的衰老感。接着我便发现，孙犁先生两只袄袖上，仍旧套着一副干净的青色套袖，看上去人就洋溢着一种干练的活力，一种不愿停下手、时刻准备工作的情绪。这样的状态，是不能被称作衰老的。

我第三次见到孙犁先生，是和几位同行一道。那天他没捡豆粒，也没糊窗缝，他坐在写字台前，桌面摊开着纸和笔，大约是在写作。看见我们，他立刻停下工作，招呼客人就座。我特别注意了一下他的袖子，又看见了那副套袖。记得那天他很高兴，随便地和大家聊着天，并没有摘去套袖的意思。这时我才意识到，戴套袖并不是孙犁先生的临时"武装"。一副棉布套袖到底联系着什么，我从来就说不清楚。联系着质朴、节俭？联系着勤劳、创造和开拓？好像都不完全。

我没有问过孙犁先生为什么总戴着套袖，若问，可能他会用最简单的话告诉我是为了爱护衣服。但我以为，孙犁先生珍爱的不仅仅是衣服。为什么一位山里老人的靛蓝衣裤，能引他写出《山地回忆》那样的名篇？尽管《山地回忆》里的一切和套袖并无瓜葛，但它联系着织布、买布。作家没有忘记，战争年代山里一个单纯、善良的女孩子为他缝过一双结实的布袜子。而作家更珍爱的，是那女孩子为缝制袜子所付出的真诚劳动和在这劳动中倾注的难以估价的感情，倾注的一个民族坚忍不拔、乐观向上的天性。滋养作家心灵的，始终是这种感情和天性。所以，当多年之后，有一次我把友人赠我的几函宣纸精印的华笺寄给孙犁先生时，会收到他这样的回信，他说："同时收到你的来信和惠赠的华笺，我十分喜欢。”但又说：“我一向珍惜纸张，平日写稿写信，用纸亦极不讲究。每遇好纸，笔墨就要拘束，深恐把纸糟蹋了……”如果我不曾见过习惯戴套袖的孙犁先生，或许我会猜测这是一个名作家的“矫情”，但是我见过了戴着套袖的孙犁，见过了他写给我的所有信件，那信纸不是《天津日报》那种微黄且脆硬的稿纸就是邮局出售的明信片，信封则永远是印有红色“天津日报”字样的那种。我相信他对纸张有着和对棉布、对衣服同样的珍惜之情。他更加珍重的是劳动的尊严与德行，是人生的质朴和美丽。

我第四次与孙犁先生见面是二〇〇一年十月十六日。这时他已久病在床，住医院多年。我知道病弱的孙犁先生肯定不希望被频频打扰，但是去医院看望他的想法又是那么固执。感谢《天津日报》文艺部的宋曙光同志和孙犁的女儿孙晓玲女士，他们满足了我的要求，细心安排，并一同陪我去了医院。病床上的孙犁先生已是半昏迷状态，他的身材不再高大，他那双目光温厚、很少朝你直视的眼睛也几近失明。但是当我握住他微凉的瘦弱的手，孙晓玲告诉他“铁凝看您来了”，孙犁先生竟很快做出了反应。他紧握住我的手高声说：“你好吧？我们很久没有见面了！”他那洪亮的声音与他的病体形成的巨大反差，让在场的人十分惊异。我想眼前这位老人是要倾尽心力才能发出这么洪亮的声音的，这真挚的问候让我这个晚辈又难过，又觉得担待不起。在四五分钟的时间里，我也大声说了一些问候的话，孙犁先生的嘴唇一直嚅动着，却没有人能知道他在说什么。在他身上，盖有一床蓝底儿小红花的薄棉被。这不是医院的寝具，一定是家人为他缝制的吧，真的棉布里絮着真的棉花，仿佛孙犁先生仍然亲近着人间的烟火，也使呆板的病房变得温暖。

这是我最后一次见到孙犁先生。

“我们很久没有见面了！”直至二〇〇二年七月十一日孙犁先生逝世，我经常想起孙犁先生在病床上高声对我说的话。

我想，我已经很久没读孙犁先生的小说了，当今中国文坛很久以来也少有人神闲气定地读孙犁了。春天的时候，我因为写作关于《铁木前传》插图的文章，重读了《铁木前传》。我依然深深地受着感动。原来这部诗样的小说，它所抵达的人性深度是那么刻骨；它的既节制又酣畅的叙述所成就的气质温婉而又凛然；它那清馨而又讲究的语言，以其所呈现的素朴大美使人不愿错过每一个字。当我们回顾《铁木前传》的写作年代，不能不说它的诞生是那个时代的文学奇迹；而今天它再次带给我们的陌生的惊异和真正现实主义的浑厚魅力，更加凸显出孙犁先生这样一个中国文坛的独特存在。《铁木前传》的出版距今四十五年了，在四十五年之后，我认为当代中国文坛是少有中篇小说能够与之匹敌的。孙犁先生对当代文学语言的不凡贡献，他那高尚、清明的文学品貌对几辈作家的直接影响，从未经过“炒作”，却定会长久不衰地渗透在我的文学生活中。

以我仅仅同孙犁先生见过四面的微薄感受，要理解这位大家是困难的。他一直淡泊名利，自寻寂寞，深居简出，粗茶淡饭，或者还给人以孤傲的印象。但在我的感觉里，或许他的孤傲与谦逊是并存的，如同他文章的清新秀丽与突然的冷峻睿智并存。倘若我们读过他为《孙犁文集》所写的前言，便会真切地知道他对自己有着多少不满。因此我更愿意揣测，在他“孤傲”的背后始终埋藏着一个大家真正的谦逊。没有这份谦逊，他又怎能甘用一生的时间来苛刻地磨砺他所有的篇章呢。一九八一年孙犁先生赠我手书《秦少游论文》一帧：

> 采道德之理，述性命之情，发天人之奥，明死生之辨，此论理之文，如列御寇、庄周之作是也；别黑白、阴阳，要其归宿，决其嫌疑，此论事之文，如苏秦之所作是也；考同异，次旧闻，不虚美，不隐恶，人以为实录，此叙事之文，如司马迁、班固之所作是也。

我想，这是孙犁先生欣赏的古人古文，是他坚守的为文为人的准则，他亦坦言他受着这些遗产的涵养。前不久我曾经有集中的时间阅读了一些画家和他们的作品，我看到在艺术发展史上从来就没有自天而降的才子或才女。当我们认真凝视那些好画家的历史，就会发现无一人逃脱过前人的影响。好画家的出众不在于轻蔑前人，而在于响亮继承之后适时地果断放弃。这是辛酸的，但是有欢乐；这是“绝情”的，却孕育着新生。文章之道难道不也如此吗？孙犁先生对前人的借鉴沉着而又长久，他却在同时“孤傲”地发掘出独属于自己的文学表达。他于平淡之中迸发的人生激情，他于精微之中昭示的文章骨气，尽在其中了。大师就是这样诞生的吧。在前人留给人类宝贵的文化遗产和丰富的文学遗产面前，我再次感到自己的单薄渺小，也再一次对某些文化艺术界的“狂人”那种“前无古人，后无来者”的莫名其妙的自大生出确凿的怀疑。

在我为之工作的河北省作家协会，有一座河北文学馆，馆内一张孙犁先生青年时代的照片使很多人过目难忘。那是一张他在抗战时期与战友们的合影，一群人散坐在冀中的山地上，孙犁是靠边且偏后的位置。他头戴一顶山民的毡帽，目光敏锐而又温和，他热情却是腼腆地微笑着。对于今天的我们，对于只同他见过四面的我，这是一个遥远的孙犁先生。

然而不知为什么，我越来越相信病床上那位盖着碎花棉被的枯瘦老人确已离我们远去，切近真实、就在眼前的，是这位头戴毡帽、有着腼腆神情的青年和他的那些永远也不会颓败的篇章。

护心之心

一九九五年夏天我在台北访问，拜会了长久以来就敬慕的作家林海音先生。那是让我难忘的一天，先是在林海音家中与她聊天，然后她又请我们几位去一家德国馆子吃西餐，她特意为我们叫的香蒜明虾至今我还回味无穷。饭后，我们又去了林先生的纯文学出版社。当时的台北很闷热，七十七岁的林先生因为陪我们又不得午休，可是这位身着花色淡雅的中式套装的雍容端庄的小老太太，精神抖擞毫无倦意，给我印象深刻的是她还穿着一双秀气的高跟鞋。林先生的行动和思维都是敏捷的，在她的出版社里，她签名送我几部她的著作，其中就有未经删节的原版《城南旧事》。接着她说，如果我们愿意，可以随便挑选她这里的书带走。我选了这套由丰子恺作画、弘一法师书诗的《护生画集》。

《护生画集》全套共六本，图文各四百五十幅。林海音在书前的序言里写道：“《护生画集》的流布，始自半个世纪前的民国十八年。丰子恺为他的老师弘一大师的五十岁画了五十幅护生画，每幅画都由弘一法师自己题词。十年后是弘一大师六十岁，丰子恺绘六十幅以祝，仍由弘一大师题字六十幅。自后他们师徒二人便相约以后每隔十年续绘一集，即七十岁绘七十幅，八十岁绘八十幅，乃至九十、一百……以达功德圆满之愿。但是没有想到弘一大师在第二集印制后不久，便于民国三十一年六十三岁时在福建泉州去世了。这时正是对日抗战期间，虽然大家都在逃难，但是丰子恺并未因此停止已许的愿，在颠沛流离中仍继续作画……一九六六年，大陆上‘文化大革命’起，……丰子恺一方面遭清算，一方面在暗地里，仍然继续画他的护生画，设法寄到新加坡的广洽法师处，所以第四集、第五集、第六集都在海外由广洽法师募款为之印制。当初丰子恺也曾考虑过，如果每十年一集，画到第六集一百幅时，他已经八十二岁，是否能如此长寿呢？所以他便提前作画，果然第六集的出版，是弘一大师百岁冥寿的一九七九年。但是丰子恺却已于一九七五年七十七岁时去世了。他未及见到全集的完成。”

我一向喜欢丰子恺先生的散文和漫画，一次在奥斯陆和一位丹麦汉学家闲聊，还得到他所赠一册丰子恺的散文集

《缘缘堂集外遗文》，内中一篇名为《优待的虐待》的文章里那种丰子恺式的幽默真让人心生喜悦。他的画亦有他的散文的气质，那似是一种浑朴中的优美，散淡中的机智，纯正的童心里饱含大的人生悲悯，看似平凡的小角落里处处可见温暖清新的爱意。《护生画集》顾名思义便是爱护生命，其中丰子恺又着重描绘了人类对动物类的爱护或者轻视。他的命题是大的，落笔却是别致有趣。比方这幅《生的扶持》，一只缺了足的蟹被它的两位同伴奋力抬着前行。弘一法师在旁有诗云："一蟹失足，二蟹持扶。物知慈悲，人何不如。"丰子恺寥寥几笔，就把这三只团结向前的蟹画得充满了人情味儿，有那么一点悲凉，但你看那些舞蹈着一样的蟹爪，摆脱困境却不是在齐心地做着最大的努力吗？再来看这幅《暗杀》，这个人类最通俗、最多见的打苍蝇场景，因为丰子恺换了视角，便足可以被叫作暗杀了，暗杀都是要蹑手蹑脚的。今天的一个时髦词叫作"创意"，套用这个词，则类似《暗杀》这样醒人头脑的创意在《护生画集》里数不胜数。比方丰子恺画一穿棉袍者手拎一只蹄髈走在年关的街上，一只小猪跟在那蹄髈后边。画名曰《我的腿！》。比方他画厨房一角，两只灶眼里扑出火苗的灶台前，一长凳上摆有一盆水和几条鱼，画名曰《刑场》。画面上一盒刚打开的鱼罐头，他冠名为《开棺》；一头耕牛卧在柳树下，他把这称为《牛的星期日》。在一幅名为《盥漱避虫蚁》的漫画中，母亲嘱咐正站在院子里刷牙的孩子，不要让漱口水袭击了地上的小虫。还有一幅蚂蚁搬家的画，孩子看见蜿蜒曲折的蚂蚁队伍，便在这队伍的上方排起一溜板凳，说这是长廊，能为蚂蚁遮挡风雨。还有一幅画叫《游山》，画中一女子骑着一只狮子悠闲地在山路上走。画意是说，人如果对猛兽善，兽也会如此柔情，也会与人和平共处的。这真是丰子恺先生的美梦。好莱坞的电影《狮子王》比丰子恺先生这美妙的梦还晚了半个多世纪呢。

也许有人说，因为丰子恺是佛教徒，所以他对“护生”格外有兴趣。这是有道理的。但以此涵盖他生命哲学的全部，好像还是简单了些。也曾有人在读过《护生画集》后，说这是自相矛盾的画作，作者叫我们不要杀生和伤害动物，又叫我们不要损害植物和小草。人类的生存怎么办呢，难道我们只有去吃沙土和石头吗？——就是沙土石头里也可能有动物、植物啊。对此，丰子恺这样回答：“护生者，护心也。详言之：护生是护自己的心，并不是护动植物。再详言之，残杀动物植物这种举动，足以养成人的残忍心，而把这残忍心用于同类的人。故护生实在是为人生，而不是为动植物。”这就是前边我所说他的大的命题了，他的可贵在于用了最“浅显”的形式将它表达了出来，如同他的佛教观那样朴素易通，那样活泼生动。此外，《护生画集》本身所具有的艺术欣赏价值也值得读者注意。丰子恺以简洁、稚拙、不事雕琢的线条勾勒出的那些只属于他的形象，他的画风影响着中国的后辈漫画家，包括在今天已成前辈的那些大家。

幸好丰子恺先生没看见我在台北的德国馆子里吃虾的吃相儿，那可是在吞食动物啊。也幸好我自以为读懂了《护生画集》，便不再为此心虚。游走在丰子恺为读者创造的充满人道主义关怀的情境之中，我格外想要护好自己的心。

心灵的黑白故事

——远看卜维勤先生和他的黑白版画

己巳年春节，我写了一篇名叫《云晴龙去远》的散文，文中称道了一张该年的贺年卡，表述了这卡上的蛇那出其不意的造型带给我的喜悦。但我尚不知这卡的设计者是谁。

两年之后，春天的一个早晨，有位先生给我打来电话，说他们全家都喜欢我那篇谈“蛇卡”的文章，说那“蛇卡”的设计者便是他的女儿卜桦，还说他现在因事来到了我们这座城市，很希望和我见面。

打电话的先生便是卜维勤。确切地说，是卜桦的“蛇卡”和我称道卜桦的文章，使我和卜维勤先生有了初次的交流。

第二天卜维勤来到我家。卜先生是位动作敏捷的高个子先生，椭圆脸，戴一副模糊了眼睛的眼镜，这使他的脸上常常浮现出一种对四周事物视而不见的表情，然而四周的一切又实在没能逃过他的眼。他进得门来直呼着我的小名，不需人让，自如地这里坐坐、那里坐坐，高声地评价着我家的布局，用了许多“质朴”“优雅”之类的形容词，同时不经心似的也谈着我的一些小说和他的创作。他行动和语言频率之快是远远超过了常人的，他这种让人措手不及的非凡热情和“拿着自己不当外人”的自信自如“风范”，令人既感到陌生又感到无法将他看作生人，很快我的思路便随着他那带有鼓动性的情绪和言语而驰骋了。这时我已知道他是版画家，中央工艺美院教授，年龄已近六十。

这一代人实属我们的父辈了，有人称中国的他们是备受时代折磨的一代。这或许是指他们生自我们民族最黑暗的年代，童年和少年又不断历经国家的战乱和动荡。当他们衷心欢呼新中国带给了他们美好的生活和希望，并开始为一个新的时代而献身时，十年“文革”又开始了。但我仍然要说，卜先生在这一代人中毕竟有常人所不及的幸运之处。他的第一个幸运是在东北家乡参军不久，竟又有机会考上哈尔滨外语学院。他说学外语是靠了一位好心首长的激励，因为当他还没有彻底弄明白学外语对他后来的一切有着怎样重要的关系，一心只留恋部队那个单纯、愉快的集体时，那首长却给了他一个耳光，一边骂着他“没出息”，一边把他“赶”出了部队。卜先生告诉我说他一辈子都感激那个耳光，一辈子都想念那位首长。他的第二个幸运是外语学院毕业后便被分配到北京中央对外文委那个人人向往的地方，成了一名年轻的俄语翻译。在这个位置上他接触了代表着那个时代智慧最高层次的来华访问的作家、艺术家：爱伦堡、聂鲁达、乌兰诺娃、麦绥莱勒、李特维年柯、施马里诺夫、维拉·萨波……年轻的卜维勤都曾与他们在中国境内一同旅行并倾听他们谈论艺术和人生。这在当时尚嫌闭塞的中国，是一般人可望而不可即的，卜维勤因此在中国艺术界也小有了名气。邵宇先生有篇文字曾言及一件趣事，说在一次美术展览会上，几位画界前辈见卜维勤进了展厅，便急忙站起来迎上前去，以为又是哪位外国艺术家来了，结果来看画的只是卜维勤自己。大家笑起来。我的一位画家邻居对我说："卜维勤，那是和马克西莫夫一起出现在中央美院的呀。"苏联油画家马克西莫夫在华期间，卜先生便是马克西莫夫的翻译。

在我们的社会里，的确生活着一些因认识名人而出了名的人，这种熟识名人的"名人"，在某种意义上或许可以比名人本身生活得更加惬意。以凡俗的眼光看当年的卜维勤，他已属于这种"更惬意"的人。在他的现实里已是鲜花、美酒、宴会、旅行、与国家领导人的见面合影，当然还有不可少的漂亮女孩子做着的点缀。我曾经见过一张周恩来二十世纪五十年代在北京饭店与一群外国青年演员的合影，那时的卜维勤作为这个演出团体的中方领队站在其中，他身穿笔挺的中山服，留着比当时的青年更具时尚的发式，春风满面地在总理身旁笑着。宾主面前虽然只是一张铺了白台布的圆桌，桌上虽然只有两包中华烟，一瓶红葡萄酒，还有几瓶早不为今日青年所光顾的汽水，但这一切又意味着这氛围、场合的非同小可。以此为起点，卜维勤也许能由翻译和领队之路一跃成为年轻外交官的，然而卜维勤却出人意料地走出了眼前的热闹、眼前的五彩缤纷，闯进了一个寂寥的黑白世界。是什么使他一意孤行地放弃了优越于常人的前程，却转向版画艺术这前景未卜的旅途呢？显然，是艺术本身。是艺术本身使这个年轻翻译不能平静了，更确切地说，是卜维勤对艺术敏感的过人资质，令他自己不能平静了。而这一切又实在和卜维勤陪同的那些艺术大师分不开。

卜先生曾经反复对我说，他最终走上版画之路是受国际著名版画大师麦绥莱勒的直接影响。麦绥莱勒访华时，也是卜维勤全程陪同。这位如蒙克、柯勒惠支一样影响着世界版画进程的艺术家，鲁迅曾经为他的画集作序，茨威格和罗曼·罗兰公开宣称麦绥莱勒的世界给他们的创作带来不可言喻的巨大震撼。如今这个比利时老头就真切地走在卜维勤身边，卜维勤像是为艺术屈服了，为麦绥莱勒屈服了。倘若一位大师可以改变一个青年的命运，成功却全靠了这青年自己。卜维勤做了不留后路的选择，这不留后路之举好像还为他后半生在艺术上执着的追求免却了左顾右盼。从此卜维勤开始面对一个单纯到只有黑白，然而又包罗着人间万象的艺术世界，他的喜怒哀乐也便同他眼前那一世界黑白联系在一起了。如果人对生活免却了左顾右盼也是一大幸运，那么卜维勤的第三个幸运当是和麦绥莱勒的相遇了。

不久卜先生再次来到我家，这次还带来不少他的版画作品请我同他一起欣赏。那是一个晚上，因为太晚了，致使卜先生的到来有点像突然的闯入。他进门先要求一杯白开水服药——一种稳定心律的药吧，这时我才得知卜先生心脏不太好。但接下来的景象又令我觉出他那服药的无用，因为他明显地又开始为他的艺术和我们的见面激动起来，并以一种独特的方式请我读画。他说："你一定要先闭上眼睛，我让你睁眼你再睁，你会为眼前发生的事情所惊奇。"

我依照了卜先生的吩咐，恍若回到儿时。儿时当父亲送我礼物又要我感到意外时，便是采取这种方式的。我闭着眼，只听卜先生把他的作品弄得簌簌响。然后我又在他的命令中睁开眼，眼前已是卜先生的版画世界了：几棵硕大繁茂的树，一片安谧的水，和雨丝交织在一起的片片屋顶……我重复了无数次的睁眼与闭眼，睁眼时领略着卜先生的艺术，闭眼后又受着他的感动：他这份对待艺术的痴迷，他这份坦诚的自我肯定，他这份缺乏世故的率真，都使人体味到与孩童交往时内心的轻松与明净。谁能在六十岁还能找到孩子般的心境，谁便仍然拥有着打不倒的活力与青春。同样，艺术、艺术家和观众的交流不也是靠了这份无世故的率真吗？我庆幸我和卜维勤能够进行艺术和观众的交流，卜先生到底把他的黑白世界留给了我，把单纯和率真留给了我。

将近深夜，已然告辞的卜先生又从住所打来电话，说他认为他的一张版画若挂在我家一定非常出色。他并且详细向我描述了应该挂在哪个房间的哪面墙上，应该配以何种材料和形式的镜框。末了他才想起打电话原是要告诉我，他的那瓶抑制心律不齐的药丢在我家了，说明天再来取。

第二天卜先生没有来取他的药瓶。看来他是可以心不在焉地敷衍他的心脏的，而对待他的艺术却连镜框问题都想得细致入微。我开始独自欣赏卜先生的作品，欣赏他对大自然充满激情而又精细、耐心的经营。卜先生的作品大多是以风景为题材，在风景里，卜先生又特别热衷于表现各种各样的树：春天枝条柔韧的树，夏天茂盛而又热烈的树，秋天满腹沧桑的树，冬天披挂着晶莹白雪、灿烂了天空和人间窗户的树……树的欢悦，树的沉重，树的生机，树的喋喋不休的热闹和树那明媚的静寂，卜先生用刻刀把它们营造得远远超过了树的本身。还有雨，在卜先生的刀下，雨丝和雨脚变成了和人生的相互交织。《雨》仿佛一张绚丽、活泼的网，笼罩着一片屋顶。欣赏时如果多些耐心，便会愈加理解卜先生的匠心。那粗中有细的刀法和“木味儿”，已不再是“木味儿”和刀法，那实在是对雨中小城的丰富，是对人生的丰富。于是《雨》带着咄咄逼人的一派生机和人生一起响亮起来。《澹泊》则是画家面对眼花缭乱的世界，为观众创造出的充满透明感的内在而又严谨的秩序。他一边对自然做着微妙之至的表现，却又不忘把握黑白艺术的整体处理。那神秘而又热烈的黑和纯净而又奔放的白，激荡着画家丰满多姿的人生想象，又控制着画家弩张不发的意识，这意识便是为观众留下的余地。有句话叫作“别具匠心”，“匠心”大约是在寂寞着的内心氛围中产生的，而寂寞又是一切成功的艺术家所勇敢独具的，我以为卜维勤先生是不愧为这种艺术家的。

冬天的时候我去了卜先生家做客，这是北京一幢灰色高层建筑。我见到了他工作的地方，那是不足八平方米的用玻璃封住的前阳台，工作台是他夫人的缝纫机。大的画面当缝纫机支撑不起时，木板在两边的窗台一搭，激情和梦想也会油然而生。这次的访问还使我了解到林风眠先生对他的影响。从形式上看林风眠的艺术和卜维勤的艺术虽有着差别，但艺术上那种内在秩序，那种把一切人间热闹化作艺术的寂寥的气质，显然是密切联系的。

站在卜先生那小小的阳台上，我忽然想起盛行于二十世纪九十年代的一种艺术形式——民歌大联唱。联唱的编写者为使一些观众在有限时间内听完无数支歌，就把每支歌择出两三句，再做些有机无机的处理，硬是编在一起给人听。这编写者也许是为着迎合当今一些听众的浮躁心理吧。而卜维勤们的价值就在于身处不愿听尽一首完整歌曲的时代，却能够俯下身来，成千上万刀地悉心雕琢着他那满树的叶子。他不忍心敷衍每一片树叶，正好比他不忍心敷衍整个时代和人生。他决不排斥时代的喧哗，但他更知道怎样寻找自己的灵魂与时代的真正契合。而他手下那些金黄色木屑的飞溅，那些藏于黑白之间冷静的笔触的推敲，才是他真正的欢乐。

这世界能够产生过时的理论，但怎会有过时的冷静和过时的热烈呢。

像剪纸一样美艳明净

晚年的马蒂斯有一张照片经常会出现在我眼前：八十三岁的他，坐在画室里的轮椅上，光着脚，在专心地剪剪纸。他的脚下，是一片纷乱的碎纸，他的脸上是专注和安详。由于精神高度集中，他左脚的几个脚趾微微翘起着。那时他因癌症手术后的身体已经不允许他站立着画画，创作剪纸可能是他一向的喜欢，也可能是他面对身体状况所采取的“应变”手法。他说过，简单的剪刀和纸是我找到的最简单最直接的自我表达方式。

我总是被上述的场景所感动，这里有艺术家对生活不倦的喜悦和爱，也有艺术家迷恋创造的一片童真。

回头再看马蒂斯的作品，他那炫目而又泛滥的色彩，他那恣意的形式，美艳而又明净的风格，跃动着又是安宁的意境，他在极度平面化的单纯里，贡献出平凡生活里永恒的愉悦和浪漫。

当更多的人把他和毕加索同称为现代艺术的源头时，我在暗地里只有一个很小的念头，我的腿会不会有一天也不能动了呢，这想法很不吉利，可我还是想，马蒂斯八十三岁这张照片就是我生活和创作的榜样。

马识途老的两件事

在马识途百岁书法展上，我作为文学晚辈，同大家一起欣赏马老的书法艺术。这位历经沧桑而一直怀有赤子之心的长者，热情、幽默、亲切、睿智，笔墨落在纸上，又是这样的大气磅礴、端严峥嵘。今天站在这个展厅，我想起自己还曾有幸从马老的文学品格和书法艺术之外，见识他的人格魅力。比如天对他不好的时候，他是怎么样呢？我这里说的天，是指发生自然灾害的时候。比如人对他不好的时候，他又是怎么样呢？我亲历了两件事情，至今给我留下非常深刻的印象。

第一件事是天对他不好的时候。二○○八年五月汶川大地震之后，我和时任中国作协党组书记的金炳华同志以及中国作协的几位同事一道去成都给灾区送一些帐篷和钱，同时去看望几位老作家。那时候有一件事让我们非常吃惊，也非常感动：当时马老和他的哥哥两位老人正同时住院，但当他们听说灾区来的伤员在成都医院都已经挤满了，病床非常紧缺的时候，两位老人一商量，不顾医生的劝阻，坚持要求同时出院回到家里。这件事情当时在社会上引起挺大的反响，读者们都为之感动。

那天是中午午休的时候，我们和四川省作协领导一起到马老家。我记得马老家住在七楼，我们上了七楼，马老在做什么呢？他没有闭目养神，也没有不安地来回走动，他正握着毛笔在写字呢。他的淡定和处变不惊，让我真正见识到这位老战士、老作家的风采。我们和马老没讲几句话，忽然房子又开始动起来了，四川省作协的领导说：“不行，你们快走吧，预报还有余震。”马老仍然很镇定，却强行地把我们“轰”走，对我们说“你们快走吧，我没事”，自己又扭回头去继续写字。

第二件事也是我亲历的。人对他不好的时候，他是怎样的呢？二〇一一年，第八次作代会在北京召开，马老也专程到会。但是马老有点感冒发烧，我知道以后就和同事一起去房间看望马老。我们推门进去的时候，正好有一位会议医务组的年轻女护士在。这位女护士应该是北京姑娘，正在“呲打”马老，大意是说你自己带着中药，也不吃我们开的药。

马老坐在沙发上一脸平和，不着急，不动怒，也不搭腔。但是我就忍不住了，说：“你怎么能这样对待一位老人呢？”护士说：“你是谁啊？”我说：“我是一起开会的同事。”护士的态度缓和了一些，但我还是不甘心，接着说：“这位老人不是一般的老人。”护士说：“他有什么不一般的呢？”我说：“这是一位大作家。”护士说“哦”，但还是比较冷淡。

我仍然不甘心，心想她对老人、对作家都无所谓，我要是给她介绍马老的作品估计她也不知道。我就进而说：“你知道《让子弹飞》这部电影吗？”这部电影当时正在热映，护士说：“当然知道。”我说：“这部电影就是根据这位老爷子的小说改编的。”“哦！”这位北京小女孩拖着长音说，“是——吗？！”这个时候她特别高兴，就笑了。那种笑很灿烂，应该说不是假笑，是真诚的笑。

这两件事让我领受到马老的风范，至今仍然那么生动。

二〇一四年五月

“何不就叫杨绛姐姐？”

——我眼中的杨绛先生

五月二十七日晨，在协和医院送别杨绛先生。先生容颜安详、平和，一条蓝白小花相间的长款丝巾熨帖地交叠于颈下，漾出清新的暖意，让人觉得她确已远行，是回家了，从“客栈”返回她心窝儿里的家。

二〇一四年夏末秋初，《杨绛全集》九卷本由人民文学出版社出版。二百六十八万字，涵盖散文、小说、戏剧、文论、译著等诸多领域，创作历程跨越八十余年。其时，杨绛先生刚刚安静地度过一百零三岁生日。

这套让人欣喜的《杨绛全集》，大气，典雅，厚重，严谨，是热爱杨绛的出版人对先生生日最庄重的祝福，也是跨东西两种文明之上的杨绛先生，以百余岁之不倦的创造力和智慧心，献给读者的宝贵礼物。现在是二〇一六年的七月，我把《杨绛全集》再次摆放案头开始慢读，我愿意用这样的方式纪念这样一位前辈。这阅读是有声的，纸上的句子传出杨绛先生的声音，慢且清晰，和杨绛先生近十年的交往不断浮于眼前。

一

作为敬且爱她的读者之一，近些年我有机会十余次拜访杨绛先生，收获的是灵性与精神上的奢侈。而杨绛先生不曾拒我，一边印证了我持续的不懂事，一边体现着先生对晚辈后生的无私体恤。后读杨绛先生在其生平与创作大事记中写下“初识铁凝，颇相投”，略安。

二〇〇七年一月二十九日晚，是我第一次和杨绛先生见面。在三里河南沙沟先生家中，保姆开门后，杨绛亲自迎至客厅门口。她身穿圆领黑毛衣，锈红薄羽绒背心，藏蓝色西裤，脚上是一尘不染的黑皮鞋。她一头银发整齐地拢在耳后，皮肤是近于透明的细腻、洁净，实在不像近百岁的老人。她一身的新鲜气，笑着看着我，我有点拿不准地说：“我该怎么称呼您呢？杨绛先生？杨绛奶奶？杨绛妈妈……”只听杨绛先生略带顽皮地答曰：“何不就叫杨绛姐姐？”

我自然不敢，但那份放松的欢悦已在心中，我和杨绛先生一同笑起来，“笑得很乐”——这是杨绛先生在散文里喜欢用的一个句子。

那一晚，杨绛先生的朴素客厅给我留下难忘印象。未经装修的水泥地面，四白落地的墙壁，靠窗一张宽大的旧书桌，桌上堆满了文稿、信函、辞典。沿墙两只罩着米色卡其布套的旧沙发，通常客人会被让在这沙发上，杨绛则坐上旁边一把更旧的软椅。我仰头看看天花板，在靠近日光灯的地方有几枚手印很是醒目。杨绛先生告诉我，那是她的手印。七十多岁时她还经常将两只凳子摞在一起，然后演杂技似的蹬在上面换灯管。那些手印就是换灯管时手扶天花板留下的。杨绛说，她是家里的修理工，并不像从前有些人认为的，是“涂脂抹粉的人”，“至今我连陪嫁都没有呢”。杨绛先生笑谈。后来我在一次接受媒体采访时描述过那几枚黑手印，杨绛先生读了那篇文章说：“铁凝，你只有一个地方讲得不对，那不是黑手印，是白手印。”我赶紧仰头再看，果然是白手印啊。岁月已为天花板蒙上一层薄灰，手印嵌上去便成白的了。而我却想当然地认定人在劳动时留下的手印必是黑的，尽管在那晚，我明明仰望过客厅的天花板。

我喜欢听杨绛先生说话，思路清晰，语气沉稳。虽然形容自己“坐在人生的边上”，但情感和视野从未离开现实。她读《美国国家地理》，也看电视剧《还珠格格》，知道前两年走俏日本的玩偶“蒙奇奇”，还会告诉我保姆小吴从河南老家带给她的五谷杂粮，这些新鲜粮食，保证着杨绛饮食的健康。跟随钱家近二十年的小吴，悉心照料杨绛先生如家人，来自乡村的这位健康、勤勉的中年女性，家里有人在小企业就职，有人在南方打工，亦有人在大学读书，常有各种社会情状自然而然传递到杨绛这里。我跟杨绛先生开玩笑说，您才是接“地气”呢，这地气就来自小吴。杨绛先生指着小吴说：“在她面前我很乖。”小吴则说：“奶奶（小吴对杨绛先生的称呼）有时候也不乖，读书经常超时，我说也不听。”除了有时读书超时，杨绛先生起居十分规律，无论寒暑，清晨起床后必先做一套钱锺书先生所教“八段锦”，直至春天生病前，弯腰双手可轻松触地。我想起杨绛告诉我钱先生教她八段锦时的语气，极轻柔，好像钱先生就站在身后，督促她每日清晨的健身。那更是一种从未间断的想念，是爱的宗教。杨绛晚年的不幸际遇，丧女之痛和丧夫之痛，在《我们仨》里，有隐忍而克制的叙述，偶尔一个情感浓烈的句子跳出，无不令人深感钝痛。她写看到爱女将不久于人世时的心情：“我觉得我的心上给捅了一下，绽出一个血泡，像一只饱含着热泪的眼睛”，送别阿圆时，“我心上盖满了一只一只饱含热泪的眼睛，这时一齐流下泪来”。但是这一切并没有摧垮杨绛，她还要“打扫现场”，从“我们仨”的失散到最后相聚，杨绛先生独自一人又明澄勇敢、神清气定地走过近二十年。这是一个生命的奇迹，也是一个爱的奇迹。

我还好奇过杨绛先生为什么总戴着一块圆形大表盘的手表，显然这不是装饰。我猜测，那是她多年的习惯吧，让时间离自己近一些，或说把时间带在身边，随时提醒自己一天里要做的事。在《我们仨》中杨绛写下这样的话："在旧社会我们是卖掉生命求生存，因为时间就是生命。"如今在家中戴着手表的百岁杨绛，让我看到了虽从容却严谨的学者风范。而小吴告诉我的，杨绛先生虽由她照顾，但至今更衣、沐浴均是独自完成，又让我感慨：杨绛先生的生命是这样清爽而有尊严。

二

有时候我怕杨绛先生戴助听器时间长了不舒服，也会和先生"笔谈"。我从茶几上拿过巴掌大的小本子，把要说的话写在上面。这样的小本子是杨绛用订书器订成，用的是写过字的纸，为节约，反面再用。我在这简陋的小本子上写字，想着，当钱锺书、杨绛把一生积攒的版税千万余元捐给清华大学的学子们，是那样的毫不吝啬。我还想到作为文学大家、翻译大家的杨绛先生，当怎样地珍惜生命时光，靠了怎样超乎常人的毅力，才有了如此丰厚的著述。为翻译《堂吉诃德》，她四十七岁开始自学西班牙语，伴随着各种运动，七十二万字，用去整整二十年。一九七八年六月十五日，杨绛参加了邓小平为西班牙国王胡安·卡洛斯一世和王后举行的国宴。邓小平将《堂吉诃德》中译本作为国礼赠送给贵宾，并把译者杨绛介绍给国王和王后。杨绛先生说，那天她无意中还听到两位西班牙女宾对她的小声议论，她们说“她穿得像个女工”。“她们可能觉得我听不见吧，我呢，听见了。其实那天我是穿了一套整齐的蓝毛料衣服的。”杨绛说。

有时我会忆起一九七八年的国宴上西班牙女宾的这句话：“她穿得像个女工。”初来封闭已久、刚刚打开国门的中国，西班牙人对中国著名学者的朴素穿着感到惊讶并不奇怪，那时的中国知识分子，单从穿着看去，大约都像女工或男工。经历了太多风雨的杨绛，坦然领受这样的评价，如同她常说的“我们做群众最省事”，如同她反复说的，她是一个零。她成功地穿着“隐身衣”做大学问，看世相人生，哪怕将自己隐成一位普通女工。在做学问的同时，她也像那个时代大多数中国女性一样，操持家务，织毛衣烧饭，她常穿的一件海蓝色元宝针织法的毛衣就是在四十多年前织成。我曾夸赞那毛衣针法的均匀平展，杨绛脸上立刻浮现出天真的得意之色。

记得有一次在北京和台湾“中央研究院”一位年轻学者见面，十几年前她在剑桥读博士，写过分析我的小说的论文。但这次见面，她谈得更多的是杨绛，说无意中在剑桥读了杨先生写于上世纪四十年代的两部话剧《称心如意》《弄真成假》，惊叹杨先生那么年轻就展示出来的超拔才智、幽默和驾驭喜剧的控制力。接着她试探性地问我可否引荐她拜访杨先生，就杨先生的话剧，她有很多问题渴望当面请教。虽然我了解杨绛多年的习惯：尽可能谢绝慕名而来的访客，但受了这位学者真诚“问学”的感染，还是冒失地充当了一次引见人，结果被杨绛先生简洁地婉拒。我早应知道会是这个结果，这个结果只让我更切实地感受到杨绛先生的“隐身”意愿，学问深浅，成就高低，在她已十分淡远。任何的研究或褒贬，在她亦都是身外之累吧。自此我便更加谨慎，不曾再做类似的“引见”。

二〇一一年七月十五日，杨绛先生百岁生日前，我和作协党组书记李冰前去拜望，谈及她的青年时代，我记得杨绛讲起和胡适的见面。胡适因称自己是杨绛父亲的学生，曾经去杨家在苏州的寓所拜访。父亲的朋友来，杨绛从不出来，出来看到的都是背影。抗战胜利后在上海，杨绛最好的朋友陈衡哲跟她说，胡适很想看看你。杨绛说我也想看看他。后来在陈衡哲家里见了面，几个朋友坐在那儿吃鸡肉包子，鸡肉包子是杨绛带去的。我问杨绛先生鸡肉包子是您做的吗？杨绛先生说："不是我做的。一个有名的店卖，如果多买还要排队。我总是拿块大毛巾包一笼荷叶垫底的包子回来，大家吃完在毛巾上擦擦手。"讲起往事，杨绛对细节的记忆十分惊人。在她眼中，胡适口才好，颇善交际。由胡适讲到"五四"，杨绛先生说："我们大家讲五四运动，当时在现场的，现在活着的恐怕只有我一个了，我那时候才八岁。那天我坐着家里的包车上学，在大街上读着游行的学生们写在小旗子上的口号'恋爱自由，劳工神圣，抵制日货，坚持到底！'，我当时不认识'恋'字，把恋爱自由读成'变爱自由'。学生们都客气，不来干涉我。"杨绛先生还记得，那时北京的泥土路边没有阴沟，都是阳沟，下雨时沟里积满水，不下雨时沟里滚着干树叶什么的，也常见骆驼跪卧在路边等待装卸货。汽车稀少，讲究些的人出行坐骡车。她感慨那个时代那一代作家："今天，我是所谓最老的作家了，又是老一代作家里最年轻的。"那么年轻一代中最老的作家是谁呢？——我发现当我们想到一个人时，杨绛先生想的是一代人。

三

杨绛先生有时候也会以过来人的幽默调侃老年人，一次她问我人老了最突出的标志是什么，接着自己总结说："人老了就是该鼓的地方都瘪了，该瘪的地方都鼓了。"说得在场的人大笑起来，杨绛先生也笑——笑得很乐。在生命的暮年，杨绛仍然葆有着对生活的体贴，对他人的细心同情，对人所给予的善意的珍视。有几年的冬天我去看她时，见客厅地上总立着一棵二十公分高的小小的圣诞树，若是晚上，圣诞树上那些豆大的小彩灯便会亮起来，闪烁着并不耀眼的光。我问起这棵小精灵般的圣诞树，杨绛先生告诉我，那是有一年她在协和医院住院，正逢圣诞节，医生特意送到她病房的礼物，出院时她就把这棵小树带回了家。在略显空旷和冷清的房间里，这棵站在水泥地上的小树让我感到温馨而又酸楚，杨绛先生是看重这树的，才会每年冬天都要把它搬出来点亮，她更看重的是协和医院医生的美好情谊。

在杨绛先生家里我们拍过一些照片，一次我把拍好的照片洗印出来请人给杨绛送上，先生收到照片后还特别写信致谢。信纸末端有一滴绿豆大的斑痕，杨绛在那斑痕旁边注明："这是小吴不小心滴上的酱油，不是我滴的。"一句话道出了杨绛先生和小吴的融洽关系，也让我体会到一代大家对信函书写的讲究。这古典的、即将失传的讲究里洋溢着结实的人间滋味。

有一年春节我去杨绛先生家拜年，临别时，杨绛先生说要送我一样东西，然后起身走进她的小书房——那是走廊尽头一个阴面房间，杨绛先生曾领我去过。当时她告诉我，她曾多年在这个房间里写作。书桌一头临着靠北的窗户，冬天，从窗缝挤进来的冷风吹在她伏案的左臂上，当时不知不觉，但经年如此，左臂关节常常疼痛，后才搬到向阳的客厅工作。我正想着北京冬天北风的“贼冷”，杨绛先生脚步轻快地返回客厅，手里拿着一只鸽灰色工字纹织锦做面的考究纸盒。她把盒子放在我眼前的茶几上，说：“这不是新东西，是件旧物，也许你用得着。”接着她怕我不接受似的指着盒子边角一块泛黄的印迹说：“你看，真是件旧物，雨水淋过呢。”我打开纸盒，原来里面盛着一只造型简约、做工极为精美的长方形黑檀木盒，木质如缎似玉，天然纹理深沉大气，盒盖中央镂刻出铜钱薄厚的两眼小孔，一块扎着细密明线的小牛皮穿孔而过，合拢后凸起在盒盖上，成为这盖子的手柄。我小心捏住这牛皮手柄掀起盒盖，见盒内由洋红色瓦楞纸做衬，整齐地排列着五支黑色铅笔。三棱形纯黑笔杆的握笔处凸起着几排防滑的细密小圆点，笔杆尾部有 Faber-Castell 的著名标志，是德国辉柏嘉品牌。辉柏嘉是欧洲最古老的工业企业之一，一七六一年生产出世界上第一支铅笔，二百五十多年来始终倡导无毒环保。

我接受了这样的礼物，这样一只特别的铅笔盒，没有对杨绛先生说过“谢谢”，觉得仅一声“谢谢”也许反而太过轻浮。在以后的日子里，我经常将这铅笔盒仔细端详，在散发着幽远暗香的黑檀木盒底上，一方略显陈旧的银色卡片，印有对这只盒子的繁体字介绍。这是原产于印尼苏拉威西岛的顶级黑檀木，以纯手工做法完成。这工匠认为，千百年来唯一能觉醒生活的，仅是一种简单却独特的味道。让朴拙取代繁复，自由带走束缚，透过人与木的对话，让一切回归自然。我琢磨木盒上那枚小牛皮手柄，它那仿佛“包浆”似的油润，有一种长久被人手抚摩的可喜的温软，必是主人的身边爱物。它和杨绛先生那间朝北的小书房，本是一体的吧。时间再往前推，它又和杨绛在不同“场景”的家里共度过多少时光？我把五支铅笔从黑檀木盒中取出排列在书桌上，这是五支削好的、从未使用过的辉柏嘉铅笔。我无以判断生产它的年代，但它古典而内敛的气质和通身的静谧遥远滋味，让我相信，它们的年龄应在一个甲子之上。这无疑是杨绛先生最喜欢的铅笔，她才会用贵重的黑檀木盒装了它们赠予我。也许在杨绛看来，再珍贵的黑檀木，也比不过最好用的笔吧，虽然它们只是几支铅笔。我愈加感受到杨绛先生这馈赠的深情厚谊，她的别致典雅，她无言的期待和祝福，如深谙世间冷暖的明智长者，或是可以畅叙闺中喜忧的“杨绛姐姐”？

四

二〇一三年夏天，年逾百岁的杨绛经历了一场因私人书信被拍卖而引发的官司。杨绛先生决定依法维权并公开发表了声明。她在声明中说："近来传出某公司很快要拍卖钱锺书和我及钱瑗私人信件一事，媒体和朋友很关心，纷纷询问，我以为有必要表明态度，现郑重声明如下……"杨绛先生谈到此事让她很受伤害，极为震惊。她表示对此坚决反对，希望有关人士和拍卖公司尊重法律，尊重他人的权利，否则她会亲自走向法庭，维护自己和家人的合法权利。

得知这一消息，我惊讶和钦佩杨绛先生以百岁之躯毅然维权的决心，又十分担心她的身体。记得我赶去杨绛先生家时，看见她面色稍显憔悴，但讲到维权事，叙述有力，神情倔强，一扫平日之淡然。我忽然不敬地想到，若钱先生在世，怕都不见得有这样一份果敢，也才更加具体地领略到钱先生每遇生活难处为什么只要听见杨绛说"不要紧，我会修""不要紧，我会洗"便踏实、安心。

我在杨绛家了解到事情全过程，我站在杨绛先生一边。当年五月三十日，我接受了《文汇报》记者关于钱锺书、杨绛私人书信被拍卖一事的采访。我同意《文汇报》所载一些法学家的看法：这一行为侵犯了他人的隐私权。我认为，私人间的通信是建立在互相尊重、信任的基础上的，利用别人的信任，为了一己之私，公开和出售别人的隐私，有悖于社会公德与人们的文化良知。在当事人坚决反对的情况下，如还执意要这样做，是对当事人更深的伤害。我对记者说，钱锺书和杨绛是我国著名的文学大家、翻译大家，深受国内外众多读者的喜爱，对中国文学乃至中国文化产生了重要影响。杨绛先生是亲历五四运动唯一仍在世的中国作家。钱、杨二人把一生的全部稿费和版税捐赠给母校清华大学设立“好读书奖学金”，至今捐款计逾千万元，受益者已达数百位学子。如今一百零二岁的杨绛精神矍铄，身体康健，这是中国文学界和文化界的幸事和喜悦之事。拍卖一事让这位年逾百岁的老人在安宁和清静中被打扰，她的情感、精神受到伤害。让这样一位老人决意亲自上法庭，一定是许多喜爱钱锺书、杨绛作品的读者不希望看到的，一定也是善良的国人不乐意看到的。人心的秩序，人际关系中信任、坦诚这些美好词汇万不可变得如此脆弱和卑微。

杨绛先生的愤怒维权，得到社会众多方面的关注与支持，曾同我一道拜访过杨绛的李冰同志倾力相助，中国作家协会权保会也同有关方面积极沟通。经多方共同努力，持续将近一年的案件，终以法院判决杨绛胜诉而告一段落。

就此，我也感受到这位瘦小的老人胸中的硬气，她对著作权、隐私权，对丈夫、亲人和家庭义无反顾的捍卫。她的超然从容为她抵挡了学问著述之外的嘈杂，她的不妥协、不原谅则把她还原为一个常人而不是超人。身着隐身衣并非躲闪与逃避，也不是将自己低到尘埃里去。真正的隐身是需要大智慧大勇气的，在人所不见的地方，以远离虚名浮利的坚忍意志，定心明察，让灵性和思想的傲骨开出忧世且向善的花。

五

一次杨绛先生问到我的个人生活，说什么时候想要见见我先生。二〇一三年春节前，我和先生同去杨绛先生家拜年。杨绛仔细端详着我的先生，扭头笑盈盈地对我说了夸奖逗趣他的话，那慈爱的神情，就像我的娘家人一样。我们聊了一些家事，还讲到我们的女儿。杨绛先生嘱咐说："下次来，送给我一张你们的全家福吧，照片背面要写上字呢。"二〇一四年四月，我和先生再次拜访了杨绛。杨绛先生在生平与创作大事记中记录了这次见面："下午铁凝、华生同志来，说说笑笑，很高兴。"那确是一次轻松快乐的见面，杨绛先生维权胜诉后身心放松的平静心绪感染着我们，闲聊中只有凡俗的家常气。这些年，越是和杨绛先生见面，就越是感受到她身上的家常气。柴米油盐和学问著述从未在她这里成为对立。杨绛对亲人和家庭孜孜不倦的爱和护卫，则处处洋溢着她教养不凡的生活情趣和生活智慧。这样的情趣和智慧，在某种意义上以并不低于学问本身的魅力，伴她渡过难关，清明而无乖戾，宁静而不萎靡。我们遵嘱送给杨绛先生一张全家福照片，她看着照片上的女儿，叫着孩子的名字，好像孩子已经站在她的眼前。杨绛先生比我们的女儿整整大了一百岁，当她看着照片上的孩子时，仿佛时光倒流，她的神情刹那间呈现出稚童样的活泼。

我和我的先生不忍更多打扰杨绛，更不曾想到让孩子前去打扰。但我在今年春节前给杨绛先生拜年时（这也是我和杨绛最后一次在其三里河的家中见面），刚刚坐在她的身边，面容已显出疲惫、形态也显出虚弱的杨绛先生，开口便先问起了我们的孩子。她清楚、准确地叫着女儿的名字说："豆豆好吗？"这让我意外而又感动。事隔一年多之后，她还记得一个未曾见面的孩子。我相信，一百零五岁的杨绛，她爱的是天底下所有的孩子，这爱从来没有因为自己爱女的不幸离世而枯萎。她说过老人的眼睛是干枯的，只会心上流泪。她的心上"盖满了一只一只饱含热泪的眼睛"，她的眼光越过我们，祝福的是一个新世纪里更新的一代。我不愿相信，这是一位真正走到人生边上的世纪老人，对一个不谙世事的孩子的最后一声问候。

读《杨绛全集》，杨绛写她和钱先生在上海沦陷期间，“饱经忧患，也见到世态炎凉。我们夫妇常把日常的感受，当作美酒般浅斟低酌，细细品尝。这种滋味值得品尝，因为忧患孕育智慧”。她写到那段时间有人曾许给钱锺书一个联合国教科文组织的什么职位，被钱先生立即辞谢。“我问锺书：‘联合国的职位为什么不要？’他说：‘那是胡萝卜！’当时我不懂‘胡萝卜’与‘大棒’相连。压根儿不吃‘胡萝卜’，就不受‘大棒’驱使。”她写在当时的上海，谣言满天飞、人心惶惶的气氛中，“我们并不惶惶然”。“我们如要逃跑，不是无路可走。可是一个人在紧要关头，决定他何去何从的，也许总是他最基本的感情……我国是国耻重重的弱国，跑出去仰人鼻息，做二等公民，我们不愿意。我们是文化人，爱祖国的文化，爱祖国的文字，爱祖国的语言。一句话，我们是倔强的中国老百姓，不愿做外国人。我们并不敢为自己乐观，可是我们安静地留在上海，等待解放。”

读《杨绛全集》，我想起杨绛八十岁生日时夏衍先生所赠亲笔短诗：“无官无位，活得自在，有才有识，独铸伟词。”其后，杨绛在九十六岁开始讨论哲学，自问灵魂去向，深思生死边缘的价值；九十八岁续写《洗澡》，成文《洗澡之后》。于是,《杨绛全集》便呈现出一种开放的、且读且新的气质。

我珍视和杨绛先生的每一次见面，也许是因为我每每看到这个时代里一些年轻人精致的俗相，一些已不年轻的人精致的俗相，甚至我自身偶尔冒出的精致的俗相，以及一些不由分说的尖刻和缺乏宽容、理性的暴戾之社会情绪，正需要经由这样的先行者，这样的学养、见识、不泯的良知去冲刷和洗涤。

一个不断崛起、日益被世界瞩目的民族，她的风骨、情怀与人文生态，仍然需要一代隐于人海的文化大家的长久滋养。我们的下一代，更下一代，当永怀赤子之心，真诚生活，才配得上这些秉持着智慧之烛，光照后辈的先贤们的问候和祝福。

在杨绛先生一百零五岁诞辰日之际，我写下以上文字，以表达对先生深切的怀念。

二〇一六年七月十七日

伊蕾和特卡乔夫兄弟

选择特卡乔夫兄弟的这张草图，并不是因为这兄弟二人曾获苏联“人民艺术家”称号，是当今俄罗斯在世的顶级艺术家之一。更直接的原因是这件作品现在的主人是中国一个名叫伊蕾的女诗人。

我和伊蕾认识很久了，大约在一九七七年，我们同赴河北省的一个业余文学创作座谈会，被分配在一个房间。那时我还在河北农村插队，刚写过两三篇小说；伊蕾在河北一家具有保密性质的兵工厂当工人，已经是河北诗坛引人注目的新星了。回忆当初，第一次见面的伊蕾给我留下了极其鲜明的印象：苗条的身材，烫过辫梢儿的两条过肩辫子，兔毛高领毛衣……这个组合系列在那个尚未开放的时代算得上是“先锋”了。开会之余，我们就在房间聊天。伊蕾长我几岁，显得格外见多识广。她为我背诵海涅和普希金的诗，哼唱舒伯特的小夜曲，并告诉我她的爱的秘密。她是那么热情奔放、坦诚透亮，那么相信我这个与她初次谋面的人。她当然是满怀诗人的浪漫，却又不是那种不着边际的缥缈。她的浪漫是以可靠的朴素做底的；她的奔放也不是虚张出来的，你领受到更多的是诚恳。后来，在八十年代，她写出了著名的长诗《独身女人的卧室》。这首影响了当时一批女作家精神领地的长诗，我认为它至今仍旧是伊蕾无可争辩的最好的诗，也是她给八十年代的中国文坛无可替代的最明澄的贡献。有时候我会读一读这诗的某个段落，我被她内心的勇气所打动，被她那焦灼而又彻底的哲思，她那干净而又诙谐的嘲讽，她那豪迈而又柔软、成熟而又稚嫩的青春激情所打动。这就是伊蕾了，这是一个太纯粹的因此会永远不安的女人。

多年之后伊蕾回到她出生的城市天津，当她作为《天津文学》的编辑认真向我约稿时，她的约稿信是短而富有诗意的，其中有这样的句子："……我像爱我自己一样地爱你……"她鼓动我把小说给她，我还是让她失望了。后来她去了俄罗斯，在莫斯科生活了几年又回到中国。这中间我们的联系一直不太多，我只是猜想，伊蕾出国最初的动机可能是想赚些钱回来。以前听她说起过她幻想着拥有自己的一所大房子，她在房前种许多玫瑰，然后不受生活所累尽情写诗。几年之中她和朋友通过做工艺品生意赚了一些钱，她对我说那实在是太辛苦的赚钱——而且正遇卢布贬值，她又无法将手中的卢布及时兑成美元。我见过一些她在莫斯科的照片，很多是她在房东家拍的。有一张是在莫斯科的严冬时节，她站在房东家门口，身穿羽绒服，肩挎“双肩背”，头戴花色艳丽的大围巾正准备出门去“办货”。她的脸色红扑扑的，真是飒爽英姿，和她另外一些略显凄然和惆怅的表情判若两人。我就在这张照片里看见了伊蕾骨子里的倔强和执拗，还有她的许多不为人知的艰辛。

那么，伊蕾就要过上住在大房子里，种着玫瑰花尽情写诗的理想日子了。可是她忽然把赚来的钱都买了俄罗斯油画。对油画并不内行的这位诗人在莫斯科一些朋友的陪同下，几年之内乘火车、汽车——也许还有船，前往列宾住过、列维坦画过的红松林里的优美的“画家村”一趟趟地拜访画家，“联络感情”，为了买画，和那些大牌画家讨价还价。一定是她的诚恳打动了他们，她的纯正的诗人气质是容易和人沟通的。二〇〇〇年夏天我在莫斯科时，见到好几位伊蕾的朋友，比方俄罗斯爱乐乐团团长左贞观先生，俄罗斯美术家协会第一书记、画家索洛明先生……他们告诉我，他们很喜欢伊蕾，喜欢她待人的友善和天真。所以她的运气真不错，几年当中她买到了像特卡乔夫兄弟这样的俄罗斯顶级画家的画作，并和这两个老头结下很深的友谊。当钱不够时，她就向国内的家人去借，弟弟妹妹的她都借过。不能简单地把伊蕾这举动解释成自幼对俄罗斯艺术的热爱，比方说我也是热爱俄罗斯艺术的，可我从来没有想过要把所有积蓄都拿出来买他们的画。我不能不想，这个伊蕾，到底她还是个诗人，她的理智绝对服从着她的灵魂，甚至灵魂里突现的一朵火花，然后就是不顾一切了。于是也才有了以后的一个属于她自己的美术馆——位于中国天津的卡秋莎美术馆。

今年五月伊蕾打来电话，告诉我，由她亲自设计并监工的她的卡秋莎美术馆已经开馆了，很希望我能去天津看看。我为此专门去了天津，在南开区一条新建的文化街上，伊蕾站在她那小小的美术馆门前迎着我。这是朋友慷慨借给她的一套临街住房，她布置了两层展厅，约有近二百平方米的面积。做旧的木地板，故意粗笨的仿橡木楼梯，厚重的窗幔，枝形吊灯，茶炊和织锦缎卧榻……一切都透着女馆长伊蕾所造就的俄罗斯氛围。最重要的当然还是属于她的宝贵财富——一些当代俄罗斯画家的油画原作：特卡乔夫兄弟、梅尔尼科夫、福明、科尔热夫等。

这张《打草时节》的草图赫然悬挂在卡秋莎美术馆二楼展厅一个惹眼的位置，和后来画成的“成品”相比，它更多一些自然的激情和生命的真实状态，劳动着的人和大自然亲密接触时那种无顾忌的奔放，被兄弟两人表现得自由而又充满诗情。成品之后的《打草时节》构图也许更严谨，人物的细部刻画也许更到位，在整体上却失掉了草图里洋溢着的画家有感而发的才情——它变得像一篇“命题作文”了。画中人物被“摆”的痕迹也十分突出，几个劳动妇女好像知道自己的被画，都有些“作态”。这就是有时候成品代替不了草图的一个最好说明。为什么观众和收藏者不愿漏过名家的草图呢？在草图上，我们往往能够更准确地捕捉到画家最率真的感情和最无功利之心的自由笔触。

特卡乔夫兄弟是严格继承了俄罗斯现实主义油画传统的一代画家，由于获得过国家奖金，他们去过意大利和法国写生。他们在颜色上谨慎地受到过法国印象派的影响，但他们的可贵之处在于他们那纯朴而真挚的俄罗斯情感，对土地、母亲、劳动和家乡饱满的爱。苏维埃时期他们的某些作品受到过指责，他们塑造的一些母亲形象被认为过于沉重，缺乏昂扬的笑脸。我想兄弟二人还是有着自己的主意，他们尊重内心的感受，基本上做到了艺术上的诚实。很多人好奇他们如何共同作画，因为一个人不可能完全变成另外一个人。原因也就在此吧，他们沟通和相融的能力，加上他们的不同，一定使他们能够互相激发或互相“打倒”，再从中获得双倍于常人的力量，尽管最终他们没有找到独属于自己的形式。

以当今世界艺坛对艺术家的定位，俄罗斯绘画并没有很高的地位，我在有些文字里也试着表述了造成这些的并不都是偏见的原因，俄罗斯绘画绝不像俄罗斯文学对世界文坛那般重要。中国画家包括中国作家喜欢他们或许有着十分复杂的历史缘由。我没有和伊蕾探讨过她对俄罗斯以外的画家的看法。也许这对今天的卡秋莎美术馆不是最重要的，伊蕾靠了自己的浪漫激情和孤注一掷的艰苦努力，实现了她童年的一个梦想，实现了她亲近俄罗斯艺术的愿望，这就是一个最确凿的事实。这世上的人能够在有生之年实现童年梦想的毕竟还是少数吧，伊蕾你说呢？

伊蕾说："我要把俄罗斯油画的展览和收藏进行到底，让我的亲人、好友，让每一个陌生的爱好者分享。我想常年举办俄罗斯画家展览，让更多的俄罗斯画家来到天津，让天津成为他们知道和想来的地方。"

当夜晚来临，卡秋莎美术馆闭馆之后，伊蕾和我在馆内的小客厅喝着红茶聊天。她很疲惫，却两眼放光，使我又一次想起她在莫斯科房东家门口那张出发前的照片。这时就听见她说，她已经开始学习画油画了，看画看得她不过瘾了，她要亲自画，并且还动员家里的亲人学油画。因为是朋友，所以我几乎要用最民间的一个形容来说伊蕾了，她简直是"想起一出是一出"啊。油画是那么好学的吗，那得有科班出身的基本功啊。我说了我的怀疑，伊蕾说：“所以我才要学啊。”我不得不再次感叹：这就是伊蕾了，这个看上去有些疲惫的瘦弱的诗人、艺术品收藏家，你坐在她的奋斗许久好不容易刚开张的画廊里，你实在不知道她又会有些什么新想法。唯一使你不怀疑的是，这个人会不听劝告地去实践她的新梦想。住在自己的大房子里种着玫瑰花写诗，在今天的伊蕾看来，可能已经是一个太小的、太微不足道的愿望了。

我们从卡秋莎美术馆里出来已经很晚，我独自站在门外，看伊蕾在门里逐一关灯并认真操作墙上的报警器，格外想起她在今后诸多的不容易。我祝福伊蕾，并愿意相信，幸福和活力就在这诸多的不容易里吧。

相信生活，相信爱

汪曾祺老离开我们十三年了，但他的文学和人格，他用小说、散文、戏剧、书画为人间创造的温暖、爱意、良知和诚心却始终伴随着我们。

汪曾祺先生总让我想到母语无与伦比的优美和劲道。他对中国文坛的影响，尤其是对中青年一代作家的影响是大而深刻的。一位青年评论家曾这样写道：“在风行现代派的八十年代，汪曾祺以其优美的文字和叙述唤起了年轻一代对母语的感情，唤起了他们对母语的重新热爱，唤起了他们对民族文化的热爱……他用非常中国化的文风征服了不同年龄、不同文化的人，因而又显出特别的‘新潮’，让年轻的人重新树立了对汉语的信心。”他像一股清风刮过当时的中国文坛，在浩如烟海的短篇小说里，他那些初读似水、再读似酒的名篇，无可争辩地占据着独特隽永、光彩常在的位置。能够靠纯粹的文学本身而获得无数读者长久怀念的作家真正是幸福的。

汪曾祺先生总让我想到“真性情”。这是一个饱含真性情的老人，一个对日常生活有着不倦兴趣的老人。他从不敷衍生活的“常态”，并从这常态里为我们发掘出悲悯人性、赞美生命的金子，让我们知道，小说是可以这样写！窃以为，当一个人不能将真性情投入生活，又如何真挚为文？有句俗语叫作人生如戏，戏如人生。但在汪老这里却并非如此。他的人生也坎坷颇多，他却不容他的人生如“戏”；他当然写戏，却从未把个人生活戏剧化。他的人生就是人生，就像他始终不喜欢一个形容叫作“作家去一个地方体验生活”，他更愿意说去一个地方生活。后者更多了一份不计功利的踏实和诚朴，也就说不定离文学的本质更近。一个通身洋溢着人间烟火气的真性情的作家，方能赢得读者发自内心亲敬交加的感情。这又何尝不是一种境界呢？能达此境界的作家为数不多，汪老当是这少数人之一。

汪曾祺先生总让我想到“相信生活，相信爱”。因为，他就是相信生活也相信爱的，特别当他在苦难和坎坷境遇中。他曾被迫离别家人，下放到坝上草原的一个小县劳动，在那里画马铃薯，种马铃薯，吃马铃薯。但他从未控诉过那里的生活，他也从不放大自己的苦难。他只是自嘲地写过，他如何从对圆头圆脑的马铃薯无从下笔，竟然达到一种想画不像都不行的熟练程度。他还自豪地告诉我们，全中国像他那样，吃过那么多品种的马铃薯的人，怕是不多见呢。这并不是说，汪曾祺先生因苦难而麻木。相反，他深知人性的复杂和世界的艰深。他的不凡在于，和所有这些相比，他更相信并尊重生命那健康的韧性，他更相信爱的力量对世界的意义。我想说，实际上汪曾祺先生的心对世界是整个开放的，因此在故事的小格局里，他有能力呈现心灵的大气象。他曾在一篇散文中记述过他在那个草原小县的一件事：有一天他采到一朵大蘑菇，就把它带回宿舍精心晾干收藏起来。待到年节回北京与家人短暂团聚时，他将这朵蘑菇背回了家，并亲手为家人烹制了一份极其鲜美的汤，那汤给全家带来了意外的欢乐。

二〇〇九年五月十七日，汪曾祺先生忌日的第二天，我去福田公墓为汪曾祺先生献花。那天太阳很好，墓园十分安静。我随着立在路边的指示牌的引导，寻找汪老的墓碑。我终于在一面指示牌上看见了汪老的名字，那上面标明他的位置在“沟北二组”。沟北二组，这是一个让我感到生疏的称谓。我环顾四周，原来一排排墓碑被一行行生机勃勃的桃树环绕。几位农人模样的男子正散站在树下仔细地修剪桃枝。从前这公墓说不定就是村子里的一片桃园吧？而此时的汪老，就仿佛成了这个村庄被编入“沟北二组”的一名普通村民。记得有一篇写汪老的文章里说，汪老是当代中国最具名士气质的文人。以汪老的人生态度，以他的真性情，“名士”“村民”或者都不重要，若硬要比较，也许汪老更看重过往生命的平实和普通。我在汪曾祺先生与夫人合葬的简朴的墓碑前献上鲜花。我再次确信，汪老他早就坦然领受了头顶上这个再寻常不过的新身份，这儿离有生命的树和孕育生命的泥土最近。走出墓地时，我才发现进门处还有一则“扫墓须知”，其中一条写道，“有献鲜花者，务请将花撕成花瓣撒在墓碑四周以防被窃”。但我没有返回“沟北二组”把鲜花撕成花瓣——心意已经在那儿，谁又能真的偷走呢？

今天，在汪曾祺先生的家乡，怀念他、热爱他的人们以这样的规模和如此的隆重来追忆这位中国现代文学的杰出人物，这一方水土的文化财富，使我感受到高邮润泽、悠远的文化积淀；我也愈加觉得，一个民族，一座城市，是不能没有如汪老这样一些让我们亲敬交加的人呼吸其中的。也因此，这纪念活动的意义将会超出文学本身。它不仅让我们在二十一世纪这个竞争的压力大于人与人之间美好情感相互赠予的时代，依然相信生活，相信爱，也唤起我们思索：在经济全球化的大背景之下，我们当怎样珍视和传承独属于我们民族的优雅的精神遗产，当怎样积攒和建设理性而积极的文化自信。

二〇一〇年正月十一

碧树苍生

春节过后，收到河北作家闻章来信和他的一部书稿《小兵张嘎之父》。这是闻章用两年时间所著的老作家徐光耀的传记，闻章希望我能够为其作序。

近半个世纪前，徐光耀的小说《小兵张嘎》和同名电影一经问世便轰动中国。今天这部小说的总发行量已经达到千万册，电影《小兵张嘎》亦久映不衰。徐光耀创造的“嘎子”这一让人难忘的形象，这个浑身嘎气、纯净生动的八路军小英雄感染着几代读者和观众。世事的更迭也许使很多人不再记得“嘎子”的创造者徐光耀，我就经历过这样的事：在某个场合，我把前辈徐光耀介绍给一些年轻人，他们听着这位作家的名字，多是客气而茫然地点着头。当我补充说他就是《小兵张嘎》的作者时，人们的脸上才立刻出现既惊异又敬仰的神情。那时我再看徐光耀，他不尴尬也不过喜，年逾八十，饱经人间炼狱，他真正是宠辱不惊了。我不由得心生感慨：一个作家终其一生，能够创造出几个让万千读者记住的人物实为不易。若是做到了，那便是文学对其最奢侈的回报吧？在当代中国文学的人物画廊里，小兵张嘎已是一个无可争议的经典的孩子。如此说，历经坎坷的徐光耀是幸福的。虽然更多的读者不知道徐光耀写作《小兵张嘎》时的生命背景，不知他那时犹如身在悬崖的危难，就如同当年无知的我，只是不断地感谢命运让我认识了徐光耀。

徐光耀是我文学的启蒙老师，一九七二年冬天，正在读初中的我，由我的父亲领着，第一次拜会了他。我曾在一篇记述青春岁月的文字中对此有过如下描述：保定有座名胜古迹叫作古莲池，面积不大，有亭台楼榭，有很好的碑文，米芾、怀素、乾隆都有。这里明时为书院，清时曾做过行宫，几经沉浮的作家徐光耀就住在它的一个角落里。他似是刚被从农村召回，参加一个报告文学集的编写……他被安置在古莲池一个荒芜的角落里，房子大约只八平方米吧，但门前有影壁，有几丛微黄的毛竹和营养不良的玉簪。我第一次走进那里，总觉着是走进了“聊斋”，后来仍然能从那里联想到《聊斋志异》里那些神秘伤感的故事……我揣着两篇作文，由我父亲带领来拜见徐光耀了。我盼望从他那里得到什么是小说、怎样写小说的答案，父亲则更多的是希望他为我的作文（我的文学才能吧）做些鉴别。我向徐光耀出示了我的作文，他有些漫不经心地把它们搁置在一张大而坚实的写字台上，然后就和父亲谈起了别的，关于时局发展的预测，还有郑板桥和陈老莲什么的。我只盯着那块被作为写字台面的大理石，和桌下那块与写字台可分可合的镂花踏板，想着历尽沧桑的徐光耀是怎样保护下他这张桌子的。我盯的时间越长，就更能证明我是被冷落一旁的。为了引起他的注意，我请求为他朗诵我那作文，却被他不客气地拒绝——他说他从来不习惯听别人念自己的作品。幸好他没有让我把作文带走，于是才有了第二次的见面。这次他谈话的中心是我的作文，他非常激动，连着说了两个“没想到”，还说“你不是问什么是小说吗？我可以告诉你，你写的已经是小说了”。我受了一位大作家毫不含糊的肯定，十五岁的心被激荡起来，那晚在古莲池里故意多穿几个亭台走着，斗胆梦想着成为一个作家，并发誓去追求作家所应具备的一切，包括毕业后去农村“深入生活”什么的，唯独没有想到在那个年代我这追求的冒险性。很多年之后，徐光耀对我讲起当年我去农村之前，他内心深处不便讲出的担忧——一个经历简单的中学生不可能理解的担忧。他担忧的并非乡村，而是在那样一个鄙视文化的年代，我非要与文学发生联系不可的狂想。

也是在很多年之后，我才知道徐光耀为什么要写《小兵张嘎》。关于这部作品的写作过程，闻章在传记中有详尽叙述。也是读了这部传记，我才知道第一次拜访徐光耀走进的他那间小屋，曾是附近公园用来寄养一只生病的虎崽的。

《小兵张嘎之父》是作者多次采访徐光耀，在阅读了他所有作品和几十年的日记的基础上，费时两年完成的。这里有徐光耀八十余载的跌宕人生，这人生有令人窒息的苦闷，有肉体和灵魂的挣扎，有可叹惋的自我轻贱，亦有高贵的生命告白；有难与外人道的奇特遭遇，有苦难缝隙中的真诚微笑；有生命再生时的大喜，亦有晚年回首往事，反思人为的政治险境、巨大的民族灾难时明澈的肺腑真言。这是一次准备充分，踏实而认真的写作，侧重传主的命运遭际，连带写出他不同阶段的文学脉络。作为文学晚辈的闻章，和徐光耀有过多年交往。这样的关系，在这样的写作中往往容易掺杂过多的个人情感，目光更多的是仰视。但闻章的感情是严肃、温和、克制的，文笔亦朴素、简洁。更为重要的是，在涉及一些历史事件时表述的严谨和准确，这得益于徐光耀本人对历史、对自己、对他人的严谨和负责任。不虚美，不雕饰，即使精神和生命曾数次被荒诞的时代不容分说地无情践踏，他仍然严厉地将自己摆进历史……唯其如此，读者才可能从中真正认识这位战士出身的作家让人感奋的情怀。

徐光耀是一名战士。因为母亲早逝，他不记得自己的生日，成人之后就把八一建军节确定为生日。他十三岁参加八路军，当年加入中国共产党，亲历抗日战争、解放战争、抗美援朝战争，参加大小战斗一百余次，多次死里逃生。他有过短暂的“人生得意”：一九五〇年他的第一部长篇小说《平原烈火》出版后即引起反响，得到文坛大家丁玲的格外看重。他年轻勤奋，历史鲜红，成名甚早，事业蓬勃；又京城安居，是军队的专职作家，和未婚妻在朝鲜战场的爱情之花亦结出圆满的婚姻之果。正是“海阔凭鱼跃”的光景，他突然成了党和人民的对立面。这个从来视政治生命为个人第一生命的战士的确是蒙了。他也的确有发疯的可能。恰是在这种突如其来的巨大打击之下，他以常人难以想象的力量开始了《小兵张嘎》的写作。那不是一次为了发表的创作，因为他已经没有了发表作品的资格。他写作是为了抑制自杀的念头。从这个意义上说，文学于他是有着救命之恩的。他用他的笔让嘎子活了，而被他创造的嘎子也让他活了下去。他们在一个非常时刻相互成全了彼此。却原来，在这个嘎孩子、这个中国人那样喜爱的小老百姓身上，承载着徐光耀心中如此沉重而又辛酸的真善美！风雨摧残的碧树就因此没有枯萎，因为他扑向了苍生——那些一直养育着他的老百姓。

这里我想到传记中的一个细节：抗日战争中，年仅十三岁的徐光耀曾经在行军途中发高烧病倒在一位房东大娘家里。那位大娘摸着这孩子长满冻疮的冰凉的手脚，非要拉他睡在自己的被窝里，要用自己的身体把他焐热。那时他难为情地拒绝了。许多年之后，当命运将他从高空抛向泥沼时，痛苦而绝望的他没有再企求被更多的人理解，他只不断想到一个人，即那位平原乡村陌生的大娘。他在想象中无数次与这位亲人重逢，她是苍生，是百姓，是母亲，是生养万物的大地，在她坚实的怀抱里，他才可能找到温暖和安全。

一九九九年，七十四岁的徐光耀开始写作长篇纪实文学《昨夜西风凋碧树》。这是二十世纪将尽的时候，徐光耀的政治生命和个人生活均已恢复了正常和安稳，但他仍然选择了山上一处农民废弃的小屋，来进行这部在他的晚年十分重要、于中国文坛亦有位置的作品的写作。他在山上一住几个月，自己担水、烧火、做饭。他好像非常适应这样的屋子，他有预谋地把自己逼至这里，仿佛这里才真正让他放松并放心。我曾经去过他这山上的小屋，说它是一眼小窑洞更合适：干打垒的土墙，门极窄小，需猫腰才可进屋。但徐光耀是快乐的，他指给我看屋前的花椒，还有房后坡上的山杏。他这一生，住过破庙，住过养虎崽的小屋，住过农民废弃的窑洞，他没有为此抱怨过什么。而他最重要的作品，仿佛都是在局促、破败的房子里写成。

闻章的这部传记在详述徐光耀命运沉浮的同时，也书写了他的命运在不同历史时期与文学的接头。其中还包括了新时期以来，他对一批河北青年作家热情有加的鼓励和关注。作为文学晚辈，我特别看重徐光耀上世纪九十年代开辟的小说写作“我的喜剧系列”。这个阶段，他从描绘人的战争生活自觉进入书写战争中人的生活。我们在他早年作品中领略了机关枪何以会“嘎嘎大笑着”扫向敌人；侵略者的钢炮和榴霰弹怎样狂击八路军，“子弹如飞蝗过野，地面被打得土泡噗噗乱冒，恰似煮粥。那才真叫枪林弹雨”。在徐光耀不凡的描绘中，读者好似亲历那惨烈的战场。“我的喜剧系列”的背景仍然多是抗日战争，但作者下笔的重心却转向了战争中人的更为复杂的、被遮蔽的精神深处。比如《我的第一个未婚妻》《杀人布告》《跳崖壮士》等篇章，无不体现着徐光耀在遭逢了诸种人生苦难之后，对自己所拥有的写作资源重新郑重的打量，以及由此引发的勇敢而有效的探索，可以看作是他的命运与文学反复接头后一次新的飞跃。他的这些探索，不单对当时的河北文坛，放在当时的中国文坛，也是醒目的。窃以为，闻章这部传记如果能够就此再多些具体阐述和发掘，则全书更显饱满。一棵碧树怎样因了苍生的底蕴而最终再繁新枝，也就有了专属于这部作家传记的深层意义。

如果说，变美是痛苦所能达到的最高境界，徐光耀以他九十年代以来的写作向读者展示了这样的境界。怀抱着不死的文学之心，他只是一次又一次坦荡地向大地、苍生俯下身去。他甚至羞于总结自己的文学，只朴素地说：“……汤镬炼骨，魔焰炼魂，几番地脱胎换骨。但你经验过、奋斗过，也慷慨豪迈过，在大灾大难面前，不曾毁坏良心，落个体完神清，这也就很值。”德国作家马丁·瓦尔泽借了他小说中一个人物的话说过，“生活不是为了打分的，生活是用来生活的”。

是啊，生活不是用来打分的，生活是用来生活的。这也正是徐光耀的人生态度吧。也因此，《小兵张嘎之父》这部传记便也不去刻意为这位老作家的文学和人生打分。而读过这部传记的读者，却一定能够从中感悟出正义、良知和“体完神清”对于一个穿越过那么多人生风暴的作家的分量。这样的分量也让我不断提醒自己，收敛起一己的小悲欢，扩展胸怀去凝望满世间的山高水长。

二〇一〇年七月七日

猜想井上靖的笔记本

二〇〇五年初秋的一天，我收到日本中国文化交流协会寄自东京的新一期《日中文化交流》会刊。时值抗日战争暨世界人民反法西斯战争胜利六十周年之际，随刊寄来的还有一本关于日本著名作家井上靖文学生平的纪念册。册内有一张井上靖旧时的照片十分引人注意。照片上的井上靖三十岁左右，站在一面表砖与卧砖混合垒起的高墙前，头戴顶部略窄的日军战斗帽，身穿配有帽兜的日军黄呢大衣。人虽然蓄着上髭，但面貌并不精神，眼部有些浮肿，那缩进宽而长的大衣袖子里的双手似乎还加剧了他的寒冷感。照片下方注有拍摄时间：一九三七年十一月二十五日，地点是石家庄野战预备医院。那么，以热爱中国历史文化而闻名、并大量取材中国历史进行创作的著名作家井上靖，原来曾是当年侵华日军的一员。这是我以前没有听说过的一个事实，也是很多喜欢井上靖的中国读者并不了解的一段历史。

井上靖（1907—1991）的名字在日本影响深远，在中国也拥有很多读者，特别是当他写于一九五九年的历史小说《敦煌》在上世纪七十年代被介绍到中国，他本人也自此连续访问中国二十七次之多以后。一九八〇年，七十三岁高龄的井上靖，又应邀担任大型系列电视片《丝绸之路》的艺术顾问，与日本广播协会、中国中央电视台的摄制人员一起探访丝路古道，追寻历史足迹，实现了自己向世界观众介绍丝绸之路历史变迁的愿望。《敦煌》被德间康快拍成电影，在世界二十多个国家放映，掀起了一阵“敦煌热”。无数观众从《敦煌》的故事中惊奇地注目中国西部，更有大批游人拿着井上靖的西域小说，走上去往敦煌的漫长征程。而他的一批以中国历史为线索创作的小说《天平之甍》《楼兰》《苍狼之争》《孔子》等，均获各种日本文学大奖。有评论家称，在日本近现代文学史上，像井上靖这样大量取材中国历史进行创作的作家，在世界文坛都是少见的。在这类艺术实践中，作家寄予了对人生对历史的独特思考，对中国史传文学的叙事模式亦有所秉承和借鉴，在涉及这种题材时严谨的治学态度也深得史学家的称道。井上靖不仅是日本当代影响极大的著名作家、评论家和诗人，还是日中文化交流史和中国古代史研究家，日中友好社会活动家，曾任日本艺术院委员、日本文艺家协会理事长、日本近代文学馆名誉馆长，以及日本笔会会长等，一九八〇年起担任日本中国文化交流协会会长达十年，并被北京大学授予名誉博士称号……但是，在这里我要打住详述文学的井上靖，我想说的是，越是了解井上靖的文学地位和文学成就，便越是不由自主想到他那张摄于一九三七年的照片。

我无意用那张一九三七年的照片来抵消一位日本著名作家不可替代的文学史地位，也并不仅仅因为那张照片拍摄于我生活多年的城市石家庄，更使我有一种异样的情绪。我想探究的是，井上靖先生在一九七七年初次见到敦煌时曾经感叹说“我与中国太相通了！”。他浓厚的中国情结使他把中国历史变成毕生的重要写作资源。那么他对一九三七年自己的那段中国经历有过讲述和记录吗？如果有，是以何种方式，又在哪里呢？我尽自己所能开始查阅资料，发现就我的目力所及，井上靖鲜有，或者从未有文字公开表述过一九三七年自己的那段经历。在他逝世后有关他的简历写到一九三〇年代中期时也很简单：一九三六年三月毕业于京都大学哲学科。八月，就职大阪每日新闻社编辑局学艺部《星期天每日》课。一九三七年八月，作为“中日战争”后备兵入伍。九月，编入名古屋第三师团野炮兵第三联队辎重兵中队，开往中国北部。十一月，因脚气（软脚病）入石家庄野战医院治疗。一九三八年一月，返回日本内地后退役。从简历推算，井上靖作为“日中战争后备兵”在中国的时间是四个月，且是因病退役。四个月时间，他在石家庄都做了些什么呢？一个如此热爱中国书写中国的作家该不会真的对那段历史采取虚无主义态度吧？我希望进一步了解，却暂时一无所获。

去年十月，我应邀在东京参加日中文化交流协会成立五十周年庆祝活动，时间虽短，但内容丰富：演讲，论坛，和我所钦佩的日本电影导演讨论小说和电影，和普通市民听众对话，喜庆的酒会，欢宴。这是我第三次访问日本，与新朋老友的见面令人愉悦。日中文化交流协会现任会长辻井乔先生，理事长黑井千次先生，专务理事佐藤纯子女士，常任理事横川健先生和木村女士……他们是半个世纪风雨中既艰难又美好的日中友谊的推动者和见证人，是真正值得尊敬的两国间的民间文化大使，我定期收阅的《日中文化交流》便是他们的会刊。和他们的见面使我又想到纪念册上井上靖那张旧时的照片，而井上靖是日中文交会曾经的会长。于是，在一个晚上和文交会几位老朋友聚会时，借着温热的清酒，我向坐在餐桌对面的佐藤纯子女士提起了那张照片。我的这个提及让一直开朗地笑着的佐藤女士立刻严肃起来，素有“豪饮”之称的她还放下了手中的酒杯。她直视着我的眼睛，目光里没有躲闪，使我预感到，她是那张照片背后的故事的“知情人”。果然她对我说：“谢谢你提起这个话题。即使你不问，我也想寻找一个合适的时间告诉你的，特别还因为石家庄是你生活的城市。”

我由此知道了一九三七年井上靖的确在石家庄住过四个月。

据佐藤女士讲，一九三六年井上靖在日本被征兵入伍后，于一九三七年秋作为二等兵到达石家庄，在石家庄度过了不愉快的冬天。因为日本军队里的二等兵大多文化不高，所以被视为低等，标志之一就是可以遭受长官随意训斥并挨打。二等兵井上靖就经常遭长官训斥。这并非因为他文化不高——他在入伍前已经发表了戏剧剧本。他不受赏识是因为他动作的迟缓和精神的散漫。比如行军时常常掉队，又比如有一次他弄丢了枪上的刺刀。日本士兵被告知刺刀是天皇所赠，是不可以丢的，井上靖为此可能挨过打。很快他便患病——脚气吧（但佐藤女士说是受伤），接着被送入日军在石家庄的野战预备医院治疗。那张照片应该就是在住院期间所拍。从作为背景的井上靖身后那面临时拼凑的高墙上看，这医院本身也是临时拼凑的。石家庄的医院没有治好井上靖的脚气，他又被转往天津的日本陆军医院。在天津的医院里，井上靖逐渐受人欢迎。因为他经常替周围的伤员写家信，并且在一次收听日本电台的广播中，意外地听到由他的作品改编的电影《明治之月》主题歌。这使他激动不已，可以猜测文学又一次固执地召唤了他，而他真的在不久之后就回到日本退役，此后终其一生从事写作。

我想，从某种意义上讲，井上靖可能是幸运的。假如我们设想一九三七年的井上靖是被迫入伍，他本人对那场侵略战争是消极的躲避态度，那么并不是每一个持这种态度的日本军人都能够从战场上顺利逃脱。我曾经在上海档案馆读到过当年《申报》上的一则新闻：某日军士兵因厌恶在华作战，在中国北方某镇上的一口井边，当众脱光身上的军装，连同枪和子弹全部扔进井中，然后裸体着扬长而去，立刻被他的长官当场击毙在街上。我于是又和佐藤女士展开探讨。我说，从井上靖先生的履历看，他父亲是一名少将衔的军医，井上靖的因病退役是否有父子间的默契并且靠了父亲的暗中活动呢？

佐藤女士婉转地否认了我的揣测，她说井上靖的父亲一九三一年已经退役。

当我问及佐藤女士她掌握的这些史实的来源时，佐藤女士说，是井上靖在世时讲给她和几个友人的。

那么他通常在什么情形下会讲起这些呢？

“喝酒喝多的时候。”佐藤女士告诉我。井上靖也是善饮之士吧，晚年的时候他经常会喝多酒，每逢喝多，他就会讲起一九三七年石家庄的那四个月。佐藤女士回忆说，有一次他讲到离开石家庄转往天津陆军医院时，他独自对着石家庄方向敬了一个礼说："石家庄人民，我对不起你们！"讲到这里佐藤女士突然哭了，她模仿井上靖敬礼的姿势，抬起右手放在额边也对着我敬个礼说："当时他就是这样对中国的石家庄说对不起的。"

我无言以对，只是感受着佐藤女士那一瞬间代表着井上靖传递出的深远的愧疚，感受着佐藤女士的这个敬礼其实已远不是模仿，这里也有她本人心中的诚意。这时我想起井上靖上世纪八十年代以来对中国频繁的访问，他又去过石家庄吗？我询问日本友人，得到的回答是否定的。佐藤女士告诉我，井上靖一九三七年之后从来没有再去过石家庄。记得八十年代有一次她陪同井上靖在中国旅行，飞机临时降落在石家庄机场，她问他说您不想出去看看这个城市吗？井上靖摇头说"不"，他坚持不出机场。这件事留给佐藤深刻印象。

一九三七年石家庄的四个月，井上靖究竟还做了什么呢？他必须看见他从不愿看见的吧，他必须相信他从不敢相信的吧，或者，他也做过他最不愿意做的……关于这些，他没有向包括佐藤女士在内的友人讲述，佐藤女士也向我证实了，井上靖的确没有关于这段经历的公开的文字。在井上靖的晚年，几位朋友只是不断听井上靖说，他有一个笔记本，记录了当时的一切。

作为一个写作的人，我深知笔记本对于有些作家的重要。即使在网络时代的今天，作家的纸质笔记本仍然有着某种古老而确凿的物质价值，更有着蕴含作家体温的可以触摸的精神线索。而井上靖那特殊的四个月经历使他的笔记本在我看来显得尤为重要。那么，它在哪儿呢？

佐藤女士告诉我，井上靖反复讲过的那个笔记本据说在他家人手中。但当他逝世后，文交会的友人询问那个笔记本的去向时，家人说已经找不到了。

在去年秋天和日本友人那晚的聚会上，我曾经提议文交会的朋友们设法再与井上靖先生的亲属联系，寻找他的那个笔记本，这原本也是佐藤女士他们的愿望。

今年适逢日中文化交流年。三月，佐藤女士一行访问北京时我们再次相遇。她主动向我提起井上靖的笔记本，遗憾的是，它确实不见了。这个结果的确叫人遗憾，可这个结果，又仿佛是我早已料到的。我只是感叹，一位能够走火入魔地研究中国历史，并有能力以此为出发点挥洒才情，展开宏大叙事的文学大家，却最终无法面对自己那几个月的中国经历。而当我们不断猜想着井上靖那失踪的笔记本时，井上靖不也一直在猜想着世人吗？猜想当笔记本公开后世人将对他如何评价。相比之下，也许井上靖心灵的镣铐更加沉重。这是一个作家良知的尴尬，也是一个人永世的道德挣扎。由此我甚至可以开始新的揣测：那个笔记本，它当真存在过吗？也许作为一个作家的井上靖，只是假想着它应该存在吧；而作为当年日军一名辎重兵团的二等兵，它实在又“不便”存在。井上靖在晚年不断向友人的讲述，似乎也印证了这两者间激烈的冲突。我尝试着把他的讲述理解成避免灵魂爆炸的一种小心而又痛苦的释放。

在春意盎然的北京，我望着又一次相逢的佐藤女士和木村女士，望着总是温和微笑的横川健先生，他们是日本中国文化交流协会“元老级”人物，当他们还是青年和少女的时候就决定把一生奉献给推动日中友好的事业。如今他们已经进入“日历年龄”中的老年，但他们典雅庄重的衣饰，乐观爽朗的谈吐，一丝不苟的敬业态度和对中国始终不渝的爱，总是令我肃然起敬。也因为日本中国文化交流协会在面对历史时勇敢和正义的作为，才使他们能够在井上靖的文学纪念册上刊印出他那张旧时的照片。我想，长眠地下的井上靖有知，也许会稍感灵魂的解脱。毕竟，他的友人们在他多年的口述中窥见了他的情感深处，最终代他公开了他始终犹豫着怯懦着无力公开的一段历史形象。

我不打算再去追问井上靖的笔记本，眼前只闪现着年轻的、眼睛浮肿的井上靖七十年前面对石家庄这座城市的那个歉疚的敬礼。我更愿意相信，井上靖本人也已经用一生的时光，反省那几乎是永远无法告之于人的四个月，并且用他的文学、他的影响力呼吁和实践着日本中国世代友好，直至生命的最后一息。

以蓄满泪水的双眼为耳

喜爱一个作家的作品，是不能不读他的自传的。每当我读过那些大家的自传后，就如同跟随着他们的人生重新跋涉了一遍，接着很可能再去重读他们的小说或诗。于是一种崭新的享受开始了，在这崭新阅读的途中，总会有新的美景突现，遥远而又亲近，陌生而又熟稔——是因为你了解并理解着他们作品之外的奇异人生所致吧。读许金龙先生最新译作《大江健三郎讲述作家自我》，即是这样的心情。

这是一部以对话形式展开的作家自传，大江健三郎面对采访者，坦然尽述五十年作家生涯。他的讲述缜密而细腻，深邃而质朴。你甚至能够听得见他平缓却并不滞重的语调，这使我不断想起和大江健三郎先生两次印象深刻的见面。

第一次是在二〇〇〇年初秋，中国社会科学院外文所为应邀来访的大江先生举办作品研讨会，我和数位作家同行被邀请参会。那时我刚从俄罗斯旅行回来，旅途中阅读的唯一一本小说即是大江先生的《燃烧的绿树》。还记得那天研讨会的气氛庄重、朴素、热烈。大江先生身着典雅、内敛的黑色正装，安静地坐在那里，倾听中国同行对他作品的评价，神情专注而谦逊，还有些许拘谨。当时，正是这些许的拘谨打动了我，我仿佛从中看到了一位真正的文学大师不事表演的心灵本色。给我印象深刻的还有，大江先生婉拒研讨会设午宴，他建议与会者以盒饭为午餐，说这样既简朴又节约时间。于是我们每人都拿到了一个盒饭。写作几十年，我也算参加过一些研讨会，似乎极少经历过盒饭午餐。

第二次和大江先生见面是二〇〇六年十月，我应邀同中国社科院代表团一道，赴东京参加日中文化交流协会成立五十周年纪念活动。在东京会馆的纪念酒会结束后，大江先生特别邀请代表团一行进行半小时恳谈。那天的大江先生仍然是典雅的黑色正装，他比六年前更多了些温和，而且健谈。我们围坐在酒店一隅的一张长方桌边，细心的大江先生还专为大家叫了茶和点心。那天的恳谈，大江先生说起了少年时受母亲的影响阅读鲁迅的小说，说起对鲁迅先生的敬仰。“孔乙己”“咸亨酒店”这些名字从小他便熟知。当说到有一次母亲很自豪地告诉他“你父亲会写三种茴香豆的‘茴’字”

时，大江先生笑起来。那一瞬间他的笑既开心又天真。他还讲起对钱锺书先生的尊敬，对莫言作品的尤其喜爱。然后大江先生把目光转向我说："我们的两次见面，你给我的印象是年轻、勇敢。中国的女作家是不是都很勇敢呢——敢于向年长者发问。"和大江先生的年龄相比，我是年轻的。说到勇敢，我想起在六年前的那次研讨会上，会前我和一位文坛前辈的悄声对话一定让大江先生感到有趣，我惊异于他敏锐的观察力。但让我更加感动的，是大江先生对当代中国作家的美好情感和热切期望。我曾不止一次听说，大江先生会在合适的时候亲自率日本的优秀青年作家访问中国，他期待日本的青年作家和中国的青年作家在中国或日本一道旅行，能有更多时间更深入地在旅行中交流文学，畅谈人生。这样的话题使大江先生很兴奋，当谈及这些时，他一扫我在六年前见到的拘谨，他的神情呈现出年轻人的清新和热烈，原本半个小时的恳谈延长至一个小时。就在这时，我仿佛看到了眼前有一棵"燃烧的绿树"。后来，当我阅读大江先生这部自传时，那种既沉静又燃烧的感觉始终伴随着我。

这是一场阅读的盛宴。魅力来自给人的心灵以垂直打击的思想的力量，来自作家对语言和想象力不败的激情与敏感，来自作家既谦逊又自信的对文学永不满足的追问，来自作家精神深处极度绝望中的壮丽希望。生于日本四国森林的大江健三郎，通过他的文学生涯和他的鲜明人生，以穿越时空的刚健而又轻灵的笔触，以彻底的自由检讨的姿态，以对日本、对亚洲、对世界、对人类永不疲倦的严厉的审视与希冀，把他人生中明亮的忧伤、苍凉的善意、克制的温暖和文学中积极的美德呈现给读者。我从中望见了语言的森林，精神的森林，人生的森林。这森林静谧幽深，辽远阔大，丰沛、隐秘的地下水浸润其间，使森林朝气不衰；使绿树能够燃烧，而火焰却让绿树枝叶繁盛。

这是一位深度介入社会现实，奋不顾身地以生命致力于呼唤世界和平的作家，一位在小说艺术上对自己极为苛刻的、在技艺上决不退让的作家，一位用小说的方式，却把诗的沉静的又是荆棘般的锐利植入读者心中的作家。小说何以成为小说？想象力何以诞生，又究竟源自哪里？“神话素”如何在心里养育？要付出多少努力才能追逐到语言的圣性、魅惑，语言的神秘之光？何为大江小说中重要资产的构造？以及作家本人被村子和东京撕裂的人生悲欢的新奇，他的以全部作品和整个人生做赌注，追究战后五十年以来日本的虚与实的不退让之意志……给我印象深刻的还有大江先生在自述中对那些影响了他文学和人生的哲人、学者、作家的由衷敬意。他不仅坦言“作家的实际生活从古典文学里得到了鼓励和救济”，更是谦虚地把自己的长篇小说写作称为训练长篇小说的写作。当我读到大江先生四十多年来，每天夜里都要为残疾儿子光裹好毛毯才入睡时，不禁生出和采访者同样的感慨：大江先生的小说是不可思议的，大江先生的人生同样不可思议。大江先生实在是拥有特殊意志的人，而赋予这特殊意志之力量的人，正是他的残疾长子光。在日本交响乐团纪念莫扎特诞生二百五十周年的《安魂曲》演奏会上，大江先生应邀赠诗一首：

> 我无法从头再活一遍，
> 可是我们却能够从头再活一遍。

也许这就是一个作家独有的对“活”和“生”的“奢侈”见解吧，这是文学和儿子光给予大江先生的悲怆而又强韧的奢侈。这时我还听见了大江先生在他的小说中，借对一位即将分娩的女性的敬慕表达出的对人类未来的新期待：“我以蓄满泪水的双眼为耳，倾听那里正无言讲述着的内容，倾听着用既非英语亦非日语，大概是为‘新地球’而准备的那种宇宙语言朗诵的叶芝的那些诗行……我感觉你将产下比最新之人更新的人，比任何人都更新的人。”在此，我不能不把这些句子看作是对未来无限明丽而又昂扬的祝福，是文学新景象和伦理想象力的新憧憬。

此刻我也正以蓄满泪水的双眼为耳，倾听大江先生的自述。当我在大江先生的书中看见森林和绿树之后，更知晓了倾听的要紧。仅有“看见”是不够的，你必须有能力倾听才有可能抵达一座森林隐秘的深部。

大江先生在自述中言及少年时，在父亲去世的那一天，他被赋予一种特别的身份：那时村里正流行踩高跷，他被优先请去踩高跷。那是一副非常高的高跷，踩在上面能看到家里二楼的窗子。人在高跷上那突然变形的行走，突然视野的开阔，村子里的景观突然的变样，使敏感的少年大江突然获得了一种奇异的高度。此时我仿佛看见少年的大江有些别扭地踩在高跷上，孤独，倔强，紧张，勇敢。他起步并受惠于森林，而最终，他站在了森林之上。

那其实是一个难以企及的高度。大江先生以他创造的文学的和精神的高度，以他无可比拟的厚度和重量，荣耀了日本现代文学，使之呈现出崭新的面貌。同时他的形象已经超越了他的民族，成为整个人类文化财富的一部分。而时光的流逝，将使大江健三郎文学的内在价值和他对社会发言的历史意义得到愈加丰满的凸显。

辑二

读书

从梦想出发[1]

二十世纪八十年代初期，也就是二十年前，我写过一个名叫《哦，香雪》的短篇小说，香雪是小说的主人公，一个生活在中国北方深山里的女孩子。

一九八五年吧，在纽约一次同美国作家的座谈会上，有一位美国青年要我讲一讲香雪的故事，我毫不犹豫地拒绝了他。因为在我内心深处，觉得一个美国青年是无法懂得中国贫穷的山沟里一个女孩子的世界的。但是那位美国人把持着话筒再三地要求我，以至于那要求变成了请求。身边我们那位读过《哦，香雪》的美国翻译也竭力撺掇着我，表示他定能把我的故事译得精彩。我于是用三言两语讲述了小说梗概，

1 此文为二〇〇二年七月在加拿大华裔作协主办的第六届“华人文学——海外与中国”研讨会上的发言。该届研讨会主题为“文学作品中的文明与暴力”。

我说这是一个关于女孩子和火车的故事，我写一群从未出过大山的女孩子，每天晚上是怎样像等待情人一样地等待在她们村口只停一分钟的一列火车。出乎我的意料，在场的人们理解了这小说。他们告诉我，因为你表达了一种人类的心灵能够共同感受到的东西。也许这是真实的，也许这和我们今天探讨的话题有一点关系。当我荣幸地接到这次大会的邀请时，当我得知会议的主题是“文学作品中的文明与暴力”时，不知为什么我首先想到了香雪这个渐渐远离我们的少女。那么，就让我从她开始，进行我们的讨论。

二十年前我是一家文学杂志的小说编辑，工作之余我在小说《哦，香雪》里描述的那样的山区农村有过短暂的生活。我记得那是一个晚秋，我从京原线（北京—太原）出发，乘火车在北京与河北省交界处的一个贫穷小村苟各庄下了车。站在高高的路基向下望去，就看见了村口那个破败的小学校：没有玻璃、没有窗纸的教室门窗大敞着，一群衣衫褴褛的小学生正在黄土院子里做着手势含混、动作随意的课间操，几只黑猪白猪就在学生的队伍里穿行……土地的贫瘠和多而无用的石头使这里的百姓年复一年地在困顿中平静地守着日子，没有怨恨，没有奢求，没有发现他们四周那奇妙峻美的大山是多么诱人，也没有发现一只鸡和一斤挂面的价值区别——这里无法耕种小麦，白面被认为是至高无上的。于是就有了北京人乘一百公里火车，携带挂面到这里换鸡的奇特交易：一斤挂面足能换得一只肥鸡了。这苟各庄的生活无疑是拮据寒酸的，滞重封闭的，求变的热望似乎不在年老的一代身上，而是在那些女孩子的眼神里、行动上。我在一个晚上发现房东的女儿伙同着几个女伴梳洗打扮、更换衣裳。我以为她们是去看电影，问过之后才知道她们从来没有看过电影，现在她们是去看火车，她们是去看每晚七点钟在村口停留一分钟的一列火车。这一分钟就是香雪们一天里最宝贵的文化生活了。为了这一分钟，她们仔细地洗去劳动一天蒙在脸上的黄土，她们甚至还洗脚，并穿起本该过年才拿出来的家做新鞋，也不顾火车到站已是夜色模糊。这使我有点心酸——那火车上的人，谁会留神车窗下边这些深山少女的脚和鞋呢。然而这就是梦想的开始，这就是希冀的起点。火车带来了外边的一切新奇，对少女来说，它是物质的，更是精神的，那是山外和山里空气的对流，经济的活泛，物资的流通，时装的变迁，乃至爱情的幻想……都因这火车的停留而变成可以触摸的具体。她们会为了一个年轻列车员而吃醋、而不和的，她们会为没有看清车上某个女人头上的新型发卡而遗憾的。在这时，少女和火车是互相观望的，少女像企盼恋人一样地注视无比雄壮的火车，火车也会借了这一分钟欣赏窗外的风景——或许这风景里也包括了女孩子们。火车上的人们永远注意不到这些女孩子那刻意的打扮，那洗净的脚和新换的鞋，可她们对火车仍然一往情深。于是就有了女主角香雪用一篮子鸡蛋换来火车上乘客一只铅笔盒的“惊险”。为了这件带有磁铁开关的、样式新颖的、被香雪艳羡不已的文具，她冒险跳上火车去做交易，交易成功，火车也开动了，从未出过家门的香雪被载到下一站。香雪从火车上下来，怀抱铅笔盒，在黑夜的山风里独自沿着铁轨，勇敢地行走三十华里回到她的村子。

以香雪的眼光，火车和铅笔盒就是文明和文化的象征，当火车冲进深山的同时也冲进了香雪的心，不由分说地打破了她那小小的透明的心境。而她那怀抱铅笔盒的三十华里夜路便也可以看作是初次向着外界文明进军的行动了。这样的解释虽说浅陋，到底也还是不错的。但作为写作者的我，总觉得事情并不是这样简单。火车不由分说地带来了洋溢着工业文明气味的物质信息，还带来了什么呢？二十年之后，香雪的小村苟各庄已是河北省著名的旅游风景区野三坡的一部分了，火车和铁路终于让更多的人发现这里原本有着珍禽异兽出没的原始森林，有着可与非洲白蚁媲美的成堆的红蚁，有着气势磅礴的百里大峡谷，有着清澈明丽的拒马河，从前那些无用的石头们在今天也变成了可以欣赏的风景。而从前的香雪们也早就不像等待情人一样地等待火车，她们有的考入度假村做了服务员、导游，有的则成为家庭旅馆的女店主。她们的眼光从容自信，她们的衣着干净时新，她们的谈吐不再那么畏缩，她们懂得了价值，她们说："是啊，现在我们富了，这都是旅游业对我们的冲击啊。"而仅仅在几年前，她们还把旅游说成"流油"——"真是一桩流油的事哩"，那几年她们这样告诉我。在这些富裕起来的村庄里，也就渐渐出现了相互比赛着快速发财的景象，毕竟钱要来得快，日子才有意思啊。就有了坑骗游客的事情，就有了出售伪劣商品的事情，也有个别的女性，因了懒和虚荣，自愿或不自愿地出卖自己的身体……在这时，倘若我们跳出香雪当年仰望火车时的一片深情，我们是火车上的一名乘客或者我们就是火车，也许我们会发现火车其实也是一种暴力。什么是暴力？暴力在很多时候可以有很多种解释，把它限制在我这篇发言里，相对于我前边描述过的农耕文明景象，暴力就是一种强制的不由分说的力量。雄壮的火车面对封闭的山谷，是有着产生暴力的资格的，它与生俱来一种不由分说的力量。虽然它的暴力意味是间接的，不像它所携带的文明那么确凿和体面，并且它带给我们的积极的惊异永远大于其后产生的消极效果。在这里，我想举出另一篇小说使我们的话题继续。

在我生活的省份河北，有位名叫水土的年轻作家写过一个短篇小说《村里有台拖拉机》。这故事的背景是上世纪七十年代初，那时中国的乡村普遍地贫穷和落后。一个偏僻小村里一对青梅竹马的男女中学生，原本一直是相互爱慕的，他们从来没有怀疑过自己必然是对方的妻子或丈夫。这时一台拖拉机出现了。在这个从来没有见过机器的村庄里，它掀起了一场轩然大波。当被告之这个巨大的“铁的牛”那神奇的功能之后，人们惊愕，人们慨叹，人们狂欢，人们奔走相告不能自已，人们拆了马棚为拖拉机造屋，生怕委屈了这生活中的新皇帝——假如拖拉机开口说话要求村人抬着它在村中观光一圈，人们也会毫不犹豫地将它抬上肩头的。拖拉机也因此成为媒人说媒时的重要优越条件：我们村可是有拖拉机的村啊。爱情也随之起了骤变：女主人公被同班一个功课不好的名叫老安的男生强烈地吸引，因为老安被选中去学开拖拉机。这老安一直在无望地暗恋着女主人公，是拖拉机给了他得到幸福的机会。何止一个女主人公呢，整个村庄的女孩子都沸腾了，她们甚至连雪花膏的香味都不以为然了，贪婪地去闻拖拉机柴油的气味，这来自另一个世界的、绝不同于泥土和青草气味的柴油，唤醒了她们的欲望。对于女主人公来说，释放着柴油气味的拖拉机本身就是爱情和幸福的化身，因为驾驶着拖拉机的是老安，她必然会连老安一同接受。这真是一股不可阻挡的力量，她背弃了青梅竹马的男友，鄙视他优异的学习成绩，放弃应该继续的学业，因为在拖拉机的机房里，她和老安过早地结出了爱情的果实。许多年之后念了大学、在城市有了稳定生活的男主人公回村时偶遇初恋的女友，也就是我们的女主人公，她已经变成一个邋遢、臃肿、有着一堆孩子的地道的农妇，而且生活既不富裕，也并不如意。当年那个拖拉机英雄老安没有露面，让男主人公刻骨铭心的那台拖拉机也不见了。作者没有告诉我们拖拉机的去向，让读者不安、让读者回味无穷的是女主人公在拖拉机出现以后的日子。拖拉机的确如村里人最初知道的那样大大解放了生产力，它也是农业机械化在偏僻乡村最初的闯入者。但它实在不具备解放一切的能力，比方说它就没有让小说的女主人公真正得到精神上和生活上的解放。女主人公一厢情愿对它的倾心，退一步看就显得有些幼稚和蒙昧。她断然轻视功课优秀的男友，因为她还来不及知道知识的力量，或者培根那句名言："知识就是力量。"这时的拖拉机之于女主人公，说是文明，就不如说是一种粗暴吧。又因为这粗暴对人有着不可抗拒的诱惑力，便也带出了一种别样的心酸。这时我想，女主人公生活中那不自觉或者半自觉的困惑和尴尬，说是她个人的状态，不如说是整个人类都面临着的麻烦。如果说《哦，香雪》让人看到的是辛酸里的希望，《村里有台拖拉机》让人感受到的就是希望之后的困惑。

那么，火车和拖拉机在进化着乡村物质文明的同时，也扮演了暴力的角色。火车的到来，火车的“温柔的暴力”使未经污染的深山少女的品质变得可疑；而拖拉机的出现则以势不可挡的巨大威力碾碎了一对乡村男女的爱情。没有这些机械文明的入侵，贫苦的香雪们将永远是清纯透顶的可爱；后来嫁给了拖拉机手的姑娘也会在平静的日子里与她相爱的男人结婚。可我想说，这种看似文明的抵抗其实是含有不道德因素的，有一种与己无关的居高临下的悲悯。贫穷和闭塞的生活里可能诞生纯净的善意，可是贫穷和闭塞并不是文明的代名词。谁有权力不让香雪们走出大山富裕起来呢？谁有权力不许一个乡村少女狂热迷恋她从未见过的拖拉机呢？而当初她们跳上火车，她们对柴油气味那天真而贪婪的吸吮，正体现了她们那压抑不住的活力。对新生活的希望就埋藏在这样或许是可笑的活力里。也许人类都或多或少地滋生着这样的可笑的活力，人类才可能有不断的梦想，而世界上好多重大的科学发明最初无不基于科学家貌似可笑的梦想。比方当我们在这儿谈论火车时，蒸汽机火车已经从中国全面退役，成为我们时代的一个背影；内燃机车、电气机车也不再新鲜。就在今年，上海将出现中国第一列标志着国际领先技术的磁悬浮列车。在这个人类集体钟情于速度的时代，那个仿佛不久前还被我们当成工业文明象征的蒸汽机车，转瞬之间就突然成了古董。蒸汽，这种既柔软又强大的物质，这个引发了第一次工业革命、启动了近现代文明之旅的动力也就渐渐从“暴力”的位置上消失了。当它的实用功能衰弱之后，它那暖意盎然的怀旧的审美特质才凸显出来。生活在前进，科学技术在飞奔，人类的物质文明在过去二百年里发生的变化远远超过了前五千年。一八九九年，一个名叫阿瑟·史密斯（明恩溥）的美国传教士出版了《中国乡村生活》一书，书中言及那个年代，即使中国乡村中的士人，也有人坚持相信西方国家一年有一千天并且天上无论何时都挂着四个月亮。在今天，面对我们对世界的理解不断加深，我们生活水准的不断提高，我们的物质要求也一再地扩大，写作者原本无话可说。我愿意拥抱高科技带给人类所有的进步和幸福，哪怕它天生一种不由分说的“暴力”色彩。但我还是要说，巨大的物质力量最终并不是我们生存的全部依据，它从来都该是巨大精神力量的预示和陪衬。而这两种力量会长久地纠缠在一起，互相依存难解难分，交替作战滚动向前。作为一个写作者，我更愿意关注火车和拖拉机以后的乃至磁悬浮列车以后的人类的精神动向，怎样阻挡人在物质引诱下发生的暴力——比方富裕起来的香雪的有些同乡坑骗游客之行为即是一种新的暴力。怎样捕捉人类精神上那最高层次的梦想：唤醒这梦想或者表达这梦想，并且不回避我们诸多的焦灼与困惑。

为什么许多读者会心疼和怀念香雪那样的连什么叫受骗

都不知道的少女？为什么处在信息时代的我们，还是那么爱看电影里慢跑的火车上发生的那些缠绵或者惊险？我不认为这仅仅是怀旧，我想说，当我们渴望精神发展的速度和心灵成长的速度能够跟上科学发明的速度，有时候我们必须有放慢脚步回望从前的勇气，有屏住呼吸回望心灵的能力。有位我尊敬的老作家说过：在女孩子们心中埋藏着人类原始的多种美德。我想，即使有一天磁悬浮列车也已变为我们生活中的背影，香雪们身上散发出来的人间温暖和积极的美德，依然会是我们的梦。我们梦想着在物欲横流的生存背景下用文学微弱的能力捍卫人类精神的健康和心灵的高贵。这梦想路途的长远和艰难也就是文学得以存在的意义。同时这也是文学的魅力——梦想使我们不断出发，而路上的欢乐一定比到达目的地之后的满足更加结实。

无法逃避的好运

女士们、先生们，亲爱的各位同行：

这里要讨论的是文学和社会责任。这是一个宽广的话题，而我的理解可能是狭窄的；这同时又是一个单纯的话题，我希望我的发言不至于把它变得复杂。依照《现代汉语词典》的解释，责任就是分内应做的事。我想，当一个作家能够被称为作家的时候，当他准备把作品公之于社会，而不是只写给自己的时候，在他的情感、他的故事、他的梦、他对人类和世界的窥测和探究里，已经有了社会责任的成分。这责任可能是他随时随地用以勉励自己的，也可能是他不自知的，还可能是他厌恶并反感提出的。这责任却不在乎他的认可与否，它带着一种与生俱来和文学艺术共生的意味，或隐或现地伴随着他的创造过程。文学是这样，艺术也是这样。

现在我想提及北欧表现派的先驱、挪威画家爱德华·蒙克（Edvard Munch）。成为一个画家不难，成为一个体系却不容易。我认为蒙克是这个世界上成为一个体系的为数不多的大家之一。他的尽人皆知的《嚎叫》《思春期》……他的画面所传达出的毁灭性的热情，浪漫的恐惧，对性的渴求与无奈，嫉妒、死亡以及生命的诡谲的眩晕感给我以永不衰竭的震撼。但让我深深感动的还是他那名为《病中的孩子》的主题性绘画。从一八八五年起至一九二七年，蒙克几乎每隔十年都要画一幅《病中的孩子》：重病的女孩子侧靠在床上，哀伤已极的母亲垂头坐在床边。画中的女孩形象，是蒙克有一次陪同做医生的父亲出诊时认识的十一岁的贝齐·尼尔森（Betzy Nielsen）。当蒙克发现这十一岁的女孩正坐在椅子上为她哥哥的病痛懊丧不已时，《病中的孩子》的构想便开始了，贝齐·尼尔森成为《病中的孩子》的模特儿。她那痛苦的表情呼唤出蒙克内心深深的痛苦：五岁失掉母亲的痛苦，姐姐苏菲因病而死的痛苦，以及他本人所经受的肺病、西班牙流感等的折磨。人们对疾病那虚弱的乞求和无助之感，蒙克通过《病中的孩子》克制而又强烈地表现了出来。病中的孩子，她那火红却憔悴的头发，疲倦的动作，迷惘而又期待的眼神，苍白的枕头，颤抖、压抑的昏暗背景……蒙克固执地长久地画着这同一个主题，是有意用重复自己达到创新。当他在一九二七年完成最后一幅《病中的孩子》时，我们发现画面产生了变化：还是那个病中的孩子，她的下巴颏却微微扬了起来；她的眼神也不仅仅是迷惘和懦弱，在她的目光里，凋落与超越合而为一。她的目光里有艺术家新的心境。

蒙克特别强调《病中的孩子》是他创作中的一个里程碑，他告诉观众，画中那靠在病床上的孩子不是一个人，而是“所有我爱的人”。他的确画出了他对生命无以言说的同情和忧伤，画出了凄凉和暖意，画出了鲜活的死亡经验，画出了心灵的表情。他通过一个柔弱的小女孩来承载这一切，更有一种动人心魄的力量。这里有什么？毫无疑问，有艺术家的责任，有他的良知和不安。他认定这是他分内应做的事，他为之着迷，主观、苛刻而又不乏偏激地做了下去。在蒙克那里，社会责任和他的艺术主张并不矛盾，那是他艺术主张的一部分，是他诚实的内心要求，是他作为艺术家蒙克的影子。

值得注意的是，这样一幅具有强大道德感染力的作品，在当时却不被大众所接受。因为艺术家没有把自己隐藏在迎合一般观众安全感需要的艺术表达形式之后，因为他制造了不安的表达方式，他便被称作是不负责任的，甚至是恶意破坏善良风俗的。这里我想说，描绘锃亮的茶壶、洁净的镂花窗帘、阔大的餐桌、富裕安稳的早餐（比如与蒙克同时期的古斯塔夫·温彻尔的《早餐》）体现了责任；描绘病中的女孩、桌上的药瓶、揉皱的枕头也体现了责任。我还想说，迎合并不是责任，迎合更像是一种懒惰，一种缺乏钻研和反省的懒惰。而这懒惰也是一种病态的激情，某些时候它的确有淹没真相的力量。为什么对人类怀有至爱之心的蒙克，在当年会受到那么多所谓对社会抱有“正宗”责任心的人的嘲弄和排斥，或者叫作以一种“责任”压制另一种责任？

责任的高低贵贱、轻重大小并不依照艺术家所选取的题材和他的艺术个性来划分。俄国的列宾并不能因为画了题材宏大的《伏尔加河纤夫》，就占据了道德优势和在为人类负起的责任上高人一等；中国可爱的画家齐白石一生只画些大的白菜和小的虾，我们也不能就此断言齐白石是一个对社会没有责任感的老头。若以分量来论责任，列宾已然承担的责任不一定有伏尔加河那么大；齐白石已然承担的责任也不一定仅像白菜、虾……但他们的确都做了分内应做的事，蒙克贡献给我们心灵深处大的碰撞，齐白石让我们品味生活的有趣。表现有趣，获得灵性和智慧的欢乐，难道不也是文学和艺术理应承载的一种责任吗？

有时候我想，或许责任这个词过于严肃和沉重，以至于让人望而生畏，以至于它常常被曲解、被孤立，或被有意地夸大和有意地抹杀。夸大者乐观地以为，只要我们不断地宣布我们是充满社会责任感的角色，我们的精神的发展速度便会一日千里；有意抹杀者则唯恐“责任”的绳索扼制他们的创造天赋，阻隔他们的梦想空间。对责任的曲解甚至造成一些作家的懒惰和另一些作家的反叛心理。下面要说的是中国当代作家王朔。他即是以一个反叛者的姿态出现在中国文坛上的：反神圣，反正统，反说教，反使命，反教养，反生活中许许多多被规范得严丝合缝的东西并极尽嘲弄之事。反对当好人，为使之达到极致，干脆在小说里不无辛酸地喊出：“我是流氓我怕谁！”干脆以坏孩子的形象袭击文坛。在中国的城市人口中他有很多读者，我也是他那些好小说的读者之一。当我读过王朔的一些小说之后，我不得不得出一个结论：尽管他以上述种种行为逃避肩负“伟大”责任的庄重形象，但他的小说却从来没有逃脱过责任。他的小说就像所有作家的小说一样，不管你愿意不愿意，只要你下笔，你必会依附于一个道德系统，你的笔下必会有你的责任的影子。他的那些看起来教养不深的平凡的主人公们，内心深处其实往往是柔软而又挑剔的，善意并充满对现实不妥协的率真：一种更好的生活、一种更好的生活方式在哪儿？会有的肯定有，找一找……我有时会在王朔的小说背后听见这样的句子。这样，他实际无法对责任真正背过脸去。当有一次他和我谈及正在写作的长篇小说时，他说他要像写遗书那样写这长篇。这话里面有什么呢？我想那是一种不顾一切的热情、执着，一种赤裸裸的坦率和郑重，还有责任——不大不小的，他感觉到的分内应做的事。他内心深处的责任就在小说背后，就在他不高兴谈论责任时鲜明而顽强地凸显出来，以他强烈的内心要求的形式凸显出来。

话题又回到了开始，对于作家、艺术家来说，社会责任本不是外在的绳索，它其实是一种强大的创作驱动力，尽管它也许强大到仅仅让你想要画好一只有趣的虾。讲一件微不足道的小事：有时候我读报纸和杂志上的征婚广告，发现一个有意思的现象，几乎半数以上的征婚者，在列举了自己身高多少多少米、体貌端正、有住房和固定收入、无经济负担等之后，都要加上一句："本人热爱文学，情趣高雅……"倒不是说征婚者的表白可以让一个作家顿时对自己从事的行当感到自豪，而是人们在征婚这样重要的事件中，在世纪末物欲横流的色彩愈演愈烈的背景下，还没有忘记热爱文学，因此它确实使我从另一个角度感受到文学的微妙作用。我相信情趣高雅的人不一定都热爱文学，但热爱文学的人多半是为了使自己的情趣高雅吧！

文学可能并不承担审判人类的义务，也不具备指点江山的威力，它却始终承载理解世界和人类的责任，对人类精神的深层关怀。它的魅力在于我们必须有能力不断重新表达对世界的看法和对生命新的追问；必须有勇气反省内心以获得灵魂的提升。还有同情心、良知、希冀以及警觉的批判精神。文学也可以像蒙克那样对生活表现深深的失望，强烈的失望本身就蕴含着希望。因为没有失望就无所谓希望，正如同我们有时候对生活不恭敬是渴望生活更神圣。责任的确让人不安，歌德的话总是响在耳边：灵魂永远骚动着企盼安宁，肉体永远劳作着寻觅休息。无论文学从哪条路出发，似乎都能碰见这两句话。

此时此刻是一九九九年的初夏，一个新的世纪仿佛已经扑面而来。在新的世纪里，人类仍然是我们这个星球上最重要的物种。尽管自然科学的拳头对人类这朴实的自恋早已有过重大打击：天文学认定了我们的家园只是缩在由无数颗星星组成的银河系角落的一颗小小的行星；生物学把我们从作为上帝凭想象创造出的尤物位置上赶了下来；地质学又使我们认识到地球历史的漫长，并且告诉我们，我们这个物种占据的时间很短，可我仍然要怀着这朴实的“自恋”庆幸作为人类的一员我能够写作，并感谢上苍赐予我无法逃避的好运——作家的社会责任感。它让我不断仔细打点我心灵和意志的储备看是否够我所用；它让我在浮躁的世纪末尽可能敛心默祷，以写作的方式为我们赖以生存的这个星球奉献敏锐、明净的爱心。假如这真是我们恳切的内心要求，我们当中有谁愿意让文学对我们说再见呢，我们当中又有谁愿意让读者对文学说再见呢？

谢谢大家。

我们需要什么样的长篇小说

我在一些场合表达过如下感想：当我写作短篇小说时，我想到的最多的两个字是景象；当我写作中篇小说时，我想到的最多的两个字是故事；当我写作长篇小说时，我想到的最多的两个字是命运。这并不是说，除长篇小说外，其他文学式样无须涉及命运二字。相反，祖宗留给我们的那些永恒的诗句和短篇小说无不充溢着悲喜交加的命运感。比如“感时花溅泪，恨别鸟惊心”“黑云压城城欲摧，甲光向日金鳞开”这样的句子；比如蒲松龄的《婴宁》这样的名篇。但我仍然固执地认为，长篇小说的疆场更适合作家展开对人类命脉的把握和摸索，对个体生命的走向、对大时代发展的揣测和领悟。在一个匆忙的、媒体爆炸的时代，读者之所以还要寻找长篇小说来读，他们想要获取的是能够存活在字里行间的人类信息。长篇相对于中、短篇，还有着充分的叙述自由，这自由包括了字数的自由和语言形式变异的自由。于是问题就来了：有一天一位作家对我说，他刚刚写完一部十五万字的长篇小说，交给出版社后，社方告诉他，假若你能再加写三万字，把现有的十五万字变成十八万字，书印出来书脊厚些才好看。作家于是又加写了三万字，我想这情景一方面的确显示了长篇小说的某些方便之处——字数的伸缩性远远优于其他体裁；但另一方面这情景也让人担忧：我们加写的这三万字当真配得上我们操作的长篇小说这种形式吗？

读《卡拉马佐夫兄弟》，读《赫索格》，读《玩笑》，读《复活》，读《莱尼和他们》……我看到的不仅仅是生命的悲欢、事件的累积、年代的无限延长、人物与人物纠缠不清的恩怨、奇诡的习俗风情、恣肆汪洋的语言，我感到，人世间那些优秀的长篇小说无不浸透着来自作家心底的抚摸和敲打人类灵魂的力量；无不传达出他们独有的、令读者陌生而又惊异的甚至连我们的时代也无力窥透的高密度生命信息；无不闪烁着神奇想象力的光芒，这样的信息这样的力量这样的想象非如此的字数便无法包容，于是长篇小说才有了它存在的价值。命运的可以把握和不可捉摸；生命走向的可知与未知；生命意义的最终判断；人和世界的关系的多方位质询……这一切无不在向长篇小说的写作者提出挑战。长篇小说可以是一百个人的生存历史，可以是一个人生命的流水，但长篇小说不是“我要写够多少字”，长篇小说不是语言的无意义集合，不是众多人物的上台与下台，不是矛盾冲突，不是悬念或悬案。我以为，长篇小说最重要的品质，当是作家通过对他拥有的所有故事的熟透了的掂量，爆发出的直逼人心的那种思想的力量。长篇小说的写作也有点像一种文学意义上的考古，我们应该如十九世纪初德国著名的考古奇人谢里曼那样，当所有的人都认为荷马史诗《伊利亚特》中的希腊不过是诗中的神话时，他却坚信他能找到荷马笔下的英雄人物创建业绩的那些远古的地方。他手捧《伊利亚特》，不畏艰难险阻和考古界的一片嘲讽声，用半生精力终于挖掘出荷马笔下那著名的古城特洛伊。每一部好长篇都是一次寻找特洛伊的历程，每一次的付出都要经过长时间的心灵和意志的储备。作家在这样的研究充满命运感的人间万象的同时，他自己的命运也被这样的写作深深纠缠。因此我一直觉得长篇小说的写作是诱人的，但并不好玩。当下我们的有些长篇小说仅仅完成了字数的集合、人物关系的来龙去脉或者某一种流行概念的解说，那种直逼人心的思想的力量却遍找不见，长篇写作的前景不容盲目乐观。

理性繁荣之游说

——《繁荣的真谛》阅读笔记

《繁荣的真谛》的作者路易吉·津加莱斯（Luigi Zingales）生于意大利，曾亲眼见证了裙带资本主义、腐败盛行对一国经济的致命伤害。二十世纪八十年代，他来到美国学习经济，并致力于研究什么样的制度能带来持续的经济繁荣。那时候的他发现：在美国，成功并不是靠运气或出身，而是源于努力工作。美国独特的历史和资本主义模式，使穷人也能跨入在全球看来相对富有的行列。但是，过去十年，游说集团和政界内部人士相互织成关系网大捞好处，挣扎中的中产阶级无奈地看着毕生储蓄因房地产泡沫破裂而湮灭。银行利润屡创历史纪录，却要花费纳税人的巨资救助，赢家通吃型经济挤压了中产阶级，恶化了收入差距和社会流动性。美国正在逐渐滑向南欧式（意大利）裙带资本主义——扶持大企业而非扶持市场，关注朋党利益而非民众机遇的腐败政客操控了政治和经济。作为芝加哥大学企业家精神和金融学讲席教授，公司金融和公司治理领域最重要的学者之一，以及欧洲公司治理委员会研究员，美国国民经济研究局、经济研究中心研究员，津加莱斯力图通过本书的写作，能够影响政府和公共舆论，打破上述“非理性繁荣”局面，找回繁荣的真谛，或说美国经济兴旺的天赋，即：民治、民享、民有的自由开放的竞争市场体系。

《繁荣的真谛》旨在倡导一种特定的社会变革，在这个意义上，作者认为也可将其看成一种游说。游说是什么？约翰·肯尼迪（John F. Kennedy）即使在提议限制游说者权力时也承认，“在很多场合，游说者是技术专家，有能力用清晰易懂的方式把复杂而困难的议题解释明白”。从广义上讲，游说是指任何的意见倡导活动。作者同时尖锐地指出，游说产生的大多数好处是源自不同利益群体之间的竞争，如果缺乏此类竞争，游说亦可以成为合法的腐败。

一、关于写作动力

津加莱斯受过的学术训练使他对美式资本主义及其缺陷有些独特的理解，然而本书写作动力却来自另一段经历。“对美国来说，我是一名外来移民，一九八八年从意大利乔迁至此，是因为我想逃离那里根深蒂固的不平等制度。意大利人发明了‘裙带主义’这个术语，并完善了‘任人唯亲’的概念，至今仍深陷其中。”能否获得晋升取决于你认识哪些人，而不是你会做哪些事。在意大利，哪怕是急诊科的医生要获得晋升也是以他们的政治忠诚度为根据，而非技术能力。年轻人受到的告诫不是要努力学习，而是去给有权势的人拎包以获得某些好处。……这些事情让他意识到意大利并不适合自己。六年后，他得到了芝加哥大学的终身教职。如果在意大利，这个过程可能要花费两倍的时间。“我能够从事一份职业，无须靠家庭关系去做交易，乃至被迫要去奉承那些只不过有些老资历的人，甚至包括保护生命。因此在二〇〇八年经济危机之前，我完全绝缘与美国的政治话题。……可是来到美国后不久，我已开始注意到一些似曾相识的场景，仿佛过去看过的电影在眼前重演。”

作者列举了两个案例：一九九八年对当时最大的对冲基金长期资本管理公司的救助，以及小布什时代，二〇〇〇年对进口钢铁征收关税来保护本国制造商，给某些企业特殊优待以恢复其利润水平。他目睹的则是美国的金融业在向意大利式的裙带资本主义体制转变，甚至在某个方面，美国的情形还更加糟糕，因为与意大利人不同，美国人不能把所有罪责都归咎到一个人身上。……裙带主义压制言论自由，打击学习进步的动力，破坏职业发展的机遇。作者站在自由市场经济坚定信徒的立场，呼吁变革，在坚信美国人对竞争的力量有着强烈的共同信念的前提下，论述竞争是进步的巨大源泉。改进经济制度需要更多而不是更少的竞争。其他许多国家的民粹主义会带来煽动家和独裁者，而美国却有着保护弱势群体的积极平民主义传统。这种平民主义血脉极大地促进了美式资本主义的发展，并可以继续做出贡献。

二、关于平民主义的时机

“需要人们依靠政治关系，而非市场业绩来致富的资本主义，在很多人眼里是一种不公平和腐败的资本主义。”大多数平民主义运动都带有实现收入再分配愿望的特点，引发平民主义运动的主要因素包括收入分配不平等、中产阶级的困境以及对精英阶层的不信任，作者认为在当今的美国都出现了。“不过只有当市场失去了配置收入的合法地位，或者说被大多数人视为不公平的情况下，平民主义才会对自由企业制度的生存真正构成威胁。”大多数美国人相信市场的力量，但对大企业的影响感到担忧。问题不是大企业本身，而在于拥有政治权势和垄断地位的大企业；问题也不是政府本身，而在于具有侵略性和腐败性的政府。

“私人企业失灵经常是由于政府的不当干预，给其提供补贴或特殊的垄断权；政府失灵则经常是由于它被私人利益集团所俘获。我们到底应该归罪于政府还是私人企业呢？两者都不对，因为这些问题都是糟糕的制度的表现：裙带资本主义。”作者在敲响裙带资本主义在美国癌变的警钟时，提出在其扩散前与之斗争的纲领，他的出发点试图既忠实于美式资本主义精神，又融合其中最优秀的平民主义传统。比如在二十世纪初，对裙带资本主义的回击是增强政府监管力。但作者认为今天，政府在太多情况下会成为问题的一部分，而非解决办法的构成要素。作者强调竞争的力量，认为缺乏竞争以及由政府补贴造成的扭曲，是美国今天遇到的所有经济问题的主要根源。

三、关于群体思维于裙带金融体系

社会心理学家欧文·詹尼斯（Irving Janis）曾言，高度密集的群体经常在没有严格验证的情况下得出一致意见，他将此类现象称为群体思维。群体思维的发生往往是因为群体成员希望尽可能减少内部冲突，特别是当这样的群体有着对外的优越感时，因为任何企图挑战内部共识的人都有可能被排斥出去，失去群体所赋予的优势地位。

在历史上，美国通过良好的原则和幸运的决策对金融业形成了制衡。但随着金融体系势力的增强，其政治影响力与日俱增。“在过去十年，我们的金融业变得过于集中和强势。当毒品成瘾者在戒毒过程中出现危险时，我们自然不能袖手旁观，但我们也断不能给他提供可以消费一整年的毒品——而这就是美国政府的问题资产救助计划所干的事情。该计划为了有权势的游说集团的利益而对毫无防范的纳税人进行掠夺，它不仅代表华尔街对主街的胜利，也代表游说街对美国其他群体的碾压。”

四、关于信任、道德与经济学

“经济生活中的信任有两种形式，第一种是通过交往历史形成的个人信任，通常是发生在父母、朋友或密切的商业伙伴之间。”这种信任既有积极作用，也有消极影响，它能帮助相互之间已建立起信任的人，也会伤害被排除在群体之外、甚至遭到歧视的人。个人信任对早期的经济发展有利，但是当经济活动日益复杂化，要求原本疏远的个人和群体进行沟通和交易时，它又会制约发展。“第二种形式的信任——普遍信任——更为重要。这是一种对于群体或社会中的随机成员的信任，对于不曾认识乃至不见得会再次遇到的人的信任。”这种信任能促进市场发展、交易繁荣和文明进步。意大利南方以及大多数欠发达国家所严重缺乏的正是这样的信任。

大多数经济学家畏惧“道德”一词。作者写道：“在每个人都为狭隘的个人利益忙碌时，大多数市场机制能有效运转，但这并不表示在人们只关心私利时，市场总能繁荣起来。”亚当·斯密指出，如果人们追求自己的私利，经济体系能有效运转，这个事实并不等于说人们就应该追求私利。贪婪并不是好事。真正的问题在于，当狭隘的个人利益不能带来理想的结果时，是否有可持续的社会习俗能推动人们去做有益于社会的事情。“……我不是道德哲学家，所以在判断什么是道德、什么不是道德的问题上我没有特别的说服力。可是作为经济学家，我有能力判断哪些行为能促进社会福利，哪些不能。”

五、关于简约为美

作者给出简约监管的理由：“美国的立国原则是无代表不纳税。还应加上无代表不监管。”但如果监管过于复杂，民众将无法理解，也就无从在民主政治中采取正确的行动。

所以说，简化监管对重建民本资本主义制度是不可或缺的内容……简单的规则有许多好处，其中之一是能加强问责性。复杂的规则即使在最好的环境下也往往难以执行，如果执行机构被俘获，甚至会完全失效。

“竞争要想实现奇迹离不开规则，但利用糟糕规则的企业也会带来扭曲市场的结果。”那么我们到哪里去寻找好的规则？如果担心监管部门、政界、学术界被俘获，则很难想象如何能用政府的权力来限制经济霸权对政治的影响。药方可能比疾病更坏。本书提出的多项建议试图解答这一谜题，其目标始终集中在减少政府的经济干预上，而且必须保证带来更好的效果。例如完全禁止政府补贴将扭转政治生态关系，给裙带主义沉重打击。企业的游说活动将转向对税收的监督而非争夺政府补贴……从历史经验中得出的结论是，民主治理机制在不需要大量公民参与时运转得最好。

作者期待本书能激起一场讨论，试图找回“实现美式繁荣的秘诀——以民为本的资本主义”。诺贝尔经济学奖获得者、哥伦比亚大学教授埃德蒙·菲尔普斯（Edmund S. Phelps）这样评价《繁荣的真谛》：“借用本书，津加莱斯加入了一个人数虽少但影响巨大的经济学家阵营，他们看到美国经济的社团主义色彩日益浓厚，资本主义精神愈益淡化。他对于我们社会阴暗面的深刻描述，还反映了更为糟糕的意大利裙带资本主义带给他的切肤之痛。”

此书是出版社“比较译丛”之一种，可以激发好奇心，开拓新视野，启发独立思考，加深对世界的理解。社会学家李普塞特曾说：“只懂得一个国家的人，他实际上什么国家都不懂。”虽然我从不指望读一本书就了解一个国家的某个领域，但至少怀有这样的愿望：通过开放的阅读，获得比较分析的视野，以使自己更深刻地理解中国，更明智地认识世界，尤其在我们所处的仍然需要改革和创新的大时代。

书的等级

我很注重书的封面、装帧和做工，在我的书成书之前，我便开始对装帧设计进行挑剔了。然后是收到成包新书后的挑拣——每个作家都要买些新书送人的。

我常把我的新书分作三等，把那些颜色印制饱满、纸面平展、书脊规矩的选作一等；把那些颜色稍欠、纸面和书脊大体还看得过去的选作二等；余下涉嫌残次的一律作为三等。于是将要被我赠书的友人便也分开等级了。收到一等书的是那些在我心目中也注重书籍装帧者，二等书奉送的是那些对装帧无所谓者，三等书便不再主动送人了。只待这一、二等已送尽，仍有索书者时，我才将这三等书取出。奉送后，常有一种亏心的感觉，就像做了十分对不住人的事。许久以后，想起来仍觉忐忑不安。

我这种对书的过分挑剔和注重，原因大约始于两方面：一是我受过封面装帧的惊吓，二是自幼美术对我的熏陶。

小学三年级时，长篇小说《欧阳海之歌》正在风靡流行。我也购得一本，爱不释手地读起来。读不过半本，却被我一位生活老师没收了去，因为这本书使得我不安心午睡了。那时我读寄宿学校，作息都须严格遵守校规，午觉时且有生活老师倚门把守。我记得那位老师姓兰，平日我们睡觉时她只靠住我们的门织毛衣。她两手操作着毛衣针，眼睛朝我们这一排床铺溜着。大家瞧见老师的眼光，便缩脖咋舌地进入梦乡。兰老师自从得了我这本书，许多天不织毛衣而改作读书了，她对《欧阳海之歌》读得和我一样专心。我躺在床上假寐，想着是书中的哪个情节正吸引着她，那个情节本是吸引着我的。

大约兰老师尚未读完，这本书"犯了案"，有内容方面的事，也有封面装帧方面的事。这两者加起来一时间便成了轰动一时的政治公案。欧阳海的牺牲是因了力挽一匹横过铁道的惊马，后来马和火车均得救了，战士欧阳海却被火车吞没了。那书的封面画的便是这个情节：马站在铁轨上咆哮着举起前蹄，欧阳海睁圆环眼正奋力将马推下铁轨。有传闻说这封面用心叵测，若背过来照看，就能看出"蒋介石万岁"的字样。一时间人们都在照看，都在撕下那封面。有的人家在惊恐之中干脆将书焚毁，好不留后患。我那本书由于先一步易人，倒不至于为我和我家带来麻烦，但心中仍有余悸，梦里也常见那封面变得狰狞起来。我发着冷汗被惊醒，不敢再合眼。封面里有内涵，封面里有学问，封面不可小看便是我在这时悟出的。

我的第一本小说集《夜路》出版时，我请父亲为之设计了一个封面。父亲作为一个画家和舞台美术家，当时正在中央戏剧学院任教。他不常做装帧设计，只待自己高兴时。所谓美术对我的熏陶，便是借助于父亲吧。这使得我后来常自不量力地也和他谈论着美术，还自不量力地在报刊上著文大谈梵高和高更之间的争论。

父亲为我设计的《夜路》照理说我是满意的，它由淡黄颜色做衬，用墨点点缀成星空，一条视点很低的路平伸远方。它概括了我心目中的乡村，也概括了我那本小书的内涵。当时已成功地做过几种封面的画家韩羽也不住点头称道。那时闲散了十年的知识分子刚刚趋于活跃，韩羽则常来我家聊天。韩羽对书的封面装帧也有着过分注重的癖好，我所以自信可把赠书对象分作三等，便是因有韩羽这样的“样板”。曾有人对我讲过，韩羽买书除对内容有严格挑选外，多以面取之。买到书后便以坚纸细裹，插入书架，需读时再找他人去借。对这一故事，我实在不便去找作为长辈的韩羽当面对质，但从他和父亲谈论封面装帧时的神情里，自信我心目中那一等的赠书友人是存在的，我的分等便不是自作多情了。

面对《夜路》的封面，我在一阵高兴之后，却产生了新的疑点，《欧阳海之歌》毕竟提高过我的警觉性。我开始怀疑封面上那一片墨点星空：用墨来象征星星，总有几分不光明吧。父亲反驳了我说，照我的逻辑推理，黑白木刻、黑白照片都不应该再有了。在黑白画家的笔下，世间万物就两种颜色，不是黑便是白。

《夜路》由天津“百花”出版，直到“百花”的书籍装帧家陈新来信也肯定了那封面后，我才放下心来。后来便是我第一次接到新书，和第一次对书的分等。如果说当时我的分拣尚处于萌芽状态，那么父亲的分拣则早就是蓄谋已久了。他把书包打开左挑右挑，不客气地挑出两本一等品，藏进自己的书柜作为样书保存，再为我挑出一些，并一一指出余下那些书的缺欠。我立刻变成一个“认书”行家了，这时我也才发现父亲爱书原来也不下于韩羽，虽然他从不找人借书。

后来我的第二本书《没有纽扣的红衬衫》的设计也是请了父亲，他在那本书上倾注的心血胜过第一本。但或许当时的我太年轻了吧，出版社对那装帧的规格一减再减。他们不仅去掉了环衬和折口，最后连扉页的设计也取消了。只在普通印书纸上戳一行黑铅字算作扉页，封面的颜色也随意做了更改。这件事使父亲很不高兴了一阵，致使我接到新书后，他连样本也没有留。我还是认真地分着等级，父亲在一旁说我是“骨头里挑鸡蛋”。他决心要挽回这次的“影响”，主动要为我设计第三本书《铁凝小说集》。

《铁凝小说集》的出版得助于花山文艺出版社的慷慨，让他不必考虑成本，使他一举用了五个颜色，最后还力争把平装变作软精装。正好这书的印刷厂就在我们所住的城市，封面印制时，他每天都去工厂和工人师傅一起调色，研究“压板”的次序。这本书终于使他实现了自己的诺言，父亲若是个书籍装帧家，也许该通过这本书走红了。但我还是认出了这书在做工上的不足，便是书脊的不规矩。过多的糨糊把软精装用的白板纸浸粘得起了许多坑洼。我埋怨父亲为什么不把好这最后一关，父亲说：“莫非我还能去死盯着几个女工粘书？”后来这本书被选送香港国际书展，我还随着它参加了在奥斯陆举办的第二届国际女作家书展。在奥斯陆大学书的展厅里，我还是只盯住书脊上那几个坑洼，想着那里有过多的糨糊，甚至发言时都变得语无伦次起来。我多么愿意它不带这坑洼，和我一起站在这大厅里。是地球人创造了书，又是书带着地球人去世界各地聚会，它原本要比人堂皇得多才是。

我的第四本、第五本、第六本、第七本书出版时，父亲没再参与它们的装帧设计。一来他正专心于他的水粉画，二来他总说："照理，大夫是不能为自己的亲人开药方的。"他还说这又好比种树，有时你以为你种的是梨树，收获的却是一筐干枣。显然他对前几次的遗憾还耿耿于怀。

直到不久前我的第八本书《玫瑰门》出版时，我问父亲还有没有兴趣设计，他才又跃跃欲试了。我征求作家出版社的意见，社方说，这本被收入该社当代小说文库的书，有个统一格式，社方请的装帧家也有固定人选。父亲才打消了此念。我只请韩羽作了四帧插图，韩羽很高兴地接受下来。他送来插图时还详尽地向我交代了对这四帧插页的要求：线描下面要衬以淡色，每图下方要配有书中的一段文字，连图下铅字的号数他都有明确要求。后来这本书没有如期出来，据该书责编对我说，成书时插图没有印上底色，再送工厂改印时耽误了一个月的时间。当我将此事告诉韩羽时，他竟毫不客气地说，责编是对的，就得这样坚持。

《玫瑰门》的设计者极认真，但我还是趁在作家出版社开该书的讨论会之机，不忘从会场溜出来找到美编去挑剔些什么。一位谦逊的美编认真地听我"白话"，后来我发现我的种种挑剔都被美编接受下来。

我用便车从作家出版社拉回了我购得的《玫瑰门》，第一件事还是打开所有的书包进行分拣。分拣着，又暗算着应该分送的友人。我觉得应该最先选出一本送给韩羽吧，我们同住一个城市，他又是我请的插图作者。同我前几本书的做工相比，《玫瑰门》应该是一等品居多的，但我唯独选不出一本要送韩羽的书。

韩羽来了，我还是把一本精选出的书托给他。他戴起我父亲的花镜左看右看，父亲在一旁撺掇着净说这书的好话。韩羽到底称赞了这本书，但我总觉得这称赞是有保留的。

我觉得韩羽保留得也有道理。人既然能发现太阳上的黑斑，既然再贤惠的妻子，也只有最爱她的丈夫才可能发现她身上的一丝不贤惠，那么一个对书的横加挑剔者，是不会承认天下竟还存有完美无瑕的书吧。中国不是有句俗话吗：说好是闲人。我也早已后悔起在众多的书中为什么单挑了这本。

也许我总在挑拣的本不是书吧，那实在是一种心理的挑拣，自己挑拣着自己的心理。只因为书原本应该比人更堂皇。

“关系”一词在小说[1]

同学们：

大家好。同时也感谢苏州大学的邀请。我一向觉得写作是非常个人的事情，作家的文学讲座对听众所能够产生的意义也就非常有限了。因此今天的发言不是要告诉同学们应该怎样写小说，我只是想谈一谈自己在写作过程中的某些心得。此外，和大家的交流还可以使我不断回到学习的状态，这是一条在学习中回到欢乐的路。只有不断学习，我才能够知道世界有多大，人心有多深，自己有多少缺欠。

二十多年的写作实践，我经历了自己的钢笔字第一次变成铅字，第一篇小说得到发表后的兴奋、喜悦和虚荣心的满

1 此文为二〇〇三年在苏州大学的演讲。

足。那时觉得写小说是容易的。只在写得多起来之后，才发现写小说是不容易的。我承认天赋、机遇和勤奋是成为作家的三个重要因素，其中勤奋又最为要紧。因为文学没有近路可走，真正的文学不能“抄近道”，也没有近道可抄。

从前常听年长者告诉我们，做人要最大限度的老实，作小说要最大限度的不老实。当时以为老实做人是容易的，不老实作小说是很难的。只因这“不老实”里包含了太多的内容。近年来越写小说却越觉得，写小说的确需要大不老实，写小说实在也需要大老实。

小说不是玄学，事实上小说赖以活跃的思想圈是非常狭隘的。小说对读者的进攻能力不在于诸种深奥思想的排列组合，而在于小说家由生命的气息中创造出的思想的表情，以及这表情的力度和丰富性。我常想这是一件无法性急的事情。无论如何，小说家不应该是斯坦尼斯拉夫斯基所说的那些性急的演员，那些性急的演员只留意怎样发展他们的“舞台肌肉”，而不注意去营养自己的心灵。假如各式各样的小说技巧（或曰功夫）相似于演员的舞台肌肉，那么这种舞台肌肉的确有发展和强化的必要。但我以为营养灵魂比营养舞台肌肉更加要紧或者说二者同样要紧。

我无法从思想那里获得思想的表情，于是我的神情再优越也只能是茫然的优越。

小说必得有本领描绘思想的表情而不是思想本身，才有向读者进攻的实力和可能。小说可以如苏加诺对革命的形容那样，是“一个国家宣泄感情的痉挛”，小说家更应该耐心而不是浮躁地、真切而不是花哨地关注人类的生存、情感、心灵，读者才有可能接受你的进攻。你生活在当代，而你应该有将过去与未来连接起来的心胸。这心胸的获得与小聪明无关，它需要一种大老实的态度，一颗工匠般的朴素的心。

小聪明是不难的，大老实是不易的。大的智慧往往是由大老实做底的。每当我面对小说，愿意这样告诫自己。

以上的话也可以看作我愿意对小说采取的态度。

下面我谈“关系”这个词对小说的意义。

当我们被问及小说是什么，可以有很多种回答。比方：

小说是叙述的艺术；

小说是欲望在想象中的一种满足；

小说是人类共同需要的一种精神上的高级游戏……

再写意一点讲：

当我看到短篇小说时，首先想到的一个词是景象；

当我看到中篇小说时，首先想到的一个词是故事；

当我看到长篇小说时，首先想到的一个词是命运。

小说还可以是很多，比如小说反复表现的，是人和自己（包括自己的肉体和自己的精神）的关系；人和他人的关系；

人和世界的关系，以及这种关系的无限丰富的可能性。作家通过对关系的表现，达到发掘人的精神深度的目的。因此我以为“关系”在小说中是很重要的一个词。

什么叫关系？关系就是事物（或人）之间相互作用、相互影响的状态。我想分四个方面谈一谈小说中的“关系”。

一、对关系的独特发现是小说获得独特价值的有效途径。

日本作家黑井千次写过一个短篇小说名叫《小偷的留言》，故事的背景是东京，一个生活邋遢且事事不如意的单身汉和一个职业小偷之间的关系。单身汉白天去上班，小偷从他窗子里跳进来行窃。他本来是要偷些东西就走的，但是他发现单身汉的房间太脏太乱了。这小偷是个爱干净的人，他不能忍受别人的房间如此脏乱，所以这脏乱的房子竟让他对将要被偷的人动了恻隐之心，于是他便开始为单身汉打扫房间……最后还留下一张字条：“先生，您的房间太乱了，请注意卫生。小偷。”单身汉下班回来，发现房间明净整齐，还发现了小偷的留言。第二天当他如往常一样扔下被他弄得乱七八糟的房间要去上班时，他忽然想起了昨天小偷的字条。于是他下意识地开始整理起房间，这久违了的劳动还使他感受到一种莫名的愉快，然后他也给小偷留了一张字条：“先生，遵照您的吩咐我整理好房间，不知您是否满意。”如此这般，两个陌生人就这样互不碰面地交流起来……去年九月，黑井千次先生访问中国时，我和他有过一次关于文学的对话，当我问及黑井先生写作这个小说的想法时，他说他是因为感受到现代都市中的人与人之间的冷漠，小偷可以大模大样地登门入室行窃，却既无人发现也无人理会。

但是我以为，这个小说所传达给读者的并不仅仅是这样一层意义。这是两个小人物在一个既发达又冷漠的大都市的旮旯的挤压下，相互产生的一点并不深刻、有些荒唐而你却很乐意相信的温暖。一种对立的关系在这里神奇地化为了带有些许凄凉意味的喜剧。

对这种关系的发现使这篇小说彻底脱离了一般性地表现冷漠，它更有力量，也更加动人。

这里我还想提及一下我的中篇小说《永远有多远》。许多读者喜欢主人公白大省，她的善良、仁义、吃亏让人和死心塌地的爱与失恋，是打动人心的理由。亦有评论说白大省身上有一种硕果仅存的东方美德，她能够唤起我们内心最柔软的部分。在这篇小说里，我的确用了很多篇幅叙述白大省和几个男性的关系，但读者可能忽略了她和另一个女性——西单小六的关系。西单小六是胡同里的美女，白大省的一切与她相去甚远。但是，这个我行我素的风骚的西单小六，正是有几分"傻"气的白大省的内心深处的艳羡对象，是她梦想成为的人物。所以，这个小说如果只写了一个胡同里的女孩子的美好，那它就是平庸的。在这里我想探究的是，一个人想要改变自己的可能性和合理性。被世人赞扬的白大省并不想成为她现在已经成为的这种人，由于她秘密的梦想，她和西单小六并不是世俗意义上的对立，她们形成了一种实际上的艳羡关系。她对改变自己和他人的“习惯性”的关系有一种崭新的向往，而她的羡慕本是有其合理性的。她的悲剧在于约定俗成背景下大众对她的不可改变的认可，使她的羡慕的梦想永远无法实现。也许我们现在成为的人都不是我们想要成为的人，但事情发生在白大省这样一个人身上，就格外地带出了某种心酸。

凡是能够形成关系的人或事物都不会是静止的，在小说中必会流动或变异。好的关系设置会使小说富有活力，有时即便情节的推进是缓慢的，但人物内心的节奏也总会充满行进中的动感。

二、对“关系”突变的独特表现是小说获得人性魅力和人性深度的方法之一。

在这里我想用瑞典电影《教室别恋》来做例子。我想有时候好的电影可以警告小说，警告小说家不求甚解的平庸的对人物关系的想象。当然，更多时候是好的小说去警告电影。

电影表现的是二战期间瑞典一个小城市里，一个中学女教师和她的一个男学生之间的故事。那女教师是从首都斯德哥尔摩随做生意的丈夫来到这小城的，她年轻、漂亮，带着一些大城市的优越，感受着一些战时小城生活的乏味。而那小城少年正值敏感的青春期，他无法克制地被女教师引诱，并一度不能自拔。

如果这部电影仅仅写了青春期少年的性渴望，女教师的性引诱，两人的这种关系过程以及少年觉醒后毅然离开女教师，那么它可说是个不错的电影，却并不出色。但是电影中还有另外一组人物关系，即：少年和女教师的丈夫的关系，电影对这两人的关系的独特表达，才真正成就了电影本身。

女教师的丈夫是一个经营女内衣的商人，他为人厚道，生活规律，除了本分的生意，尚有自己的一点小情趣。比方他在厨房的挂钟里安装了一个小机械，使厨房这个挂钟兼作一个自动酒具。每天在他下班回家后的一个固定时间，那挂钟上的木雕小鸟便一边鸣叫着，一边从嘴里吐出一股酒来，此时这位丈夫的酒杯正好就接在鸟嘴底下。比方他酷爱古典音乐，下班回家后第一件事便是戴上白手套，在唱机上放贝多芬的音乐。我们可以想象，一个本分的商人，喝着从挂钟上小鸟的嘴里流淌出的酒，迷醉在贝多芬的音乐里，他显得满足而又别无他求。或许这丈夫的情趣说不上高级和脱俗，或许他也不能满足女教师的大都市情调，但他却是人类平凡、牢靠和踏实的那一部分。不幸的是在某一天下班回来，他撞见了他不该撞见的：裸体的少年身穿女教师的花睡衣跑到厨房来喝水，丈夫正坐在厨房里准备放贝多芬。他们互相看见了。在这之前，丈夫见过少年，他以为他只是女教师的来补习英语的学生。

关系的突变在这时发生了。

可以是落俗套的，比方丈夫把少年打出家门；比方丈夫绅士一些自己先出去……但是都没有。丈夫面对惊愕害怕的少年，略过眼前的事情不计，像对一个可以交心的人那样，平和地说起自己青年时偶尔的一次荒唐。少年那不知所措的心慢慢平静下来，并且被这位丈夫的谈吐所吸引。少年正是在这个丈夫身上感到了自己的被尊重，他渴望和他谈话并经常见到他。他们有过这样的对话：

丈夫：你看到羊毛袜子的时候会想到什么呢？

少年：想到收入，想有更多的人买，你的生意就好了。

丈夫：错了。你应该想到草地，青草，自然，人的皮肤和自然的贴近……

少年受着无以言说的感动，其实这才是他初次得到的人性的、精神层面的纯净的启蒙。他为此而着迷。

女教师的丈夫和少年之间突然呈现的这种关系，作者对这种关系的高级表现，使这部作品变得不凡。而当性的渴望、亢奋和神秘感在少年这方渐渐消退之后，是那位丈夫填补了他即将沉沦的空白。从此他才真正地觉醒和成长了。人性的深度和一种难以言说的饱满的魅力就此凸显出来。因此这不是一部挑逗的电影，而是一个少年的心灵成长史，有脆弱、浪漫、淳朴、疼痛，也有最终对动物性的逃离、反抗，真正获取精神上的健康和走向人生的有资本的沉着。与其说这是男女关系的作品，不如说它表现的是两个男人之间的关系，以及他们虽然奇特、但从根本上更为长久的友情。在这种关系的表达中，判断、选择和创造这三个词都非常重要。

三、关系可以创造，但不可以捏造。

在这里对一部作品体裁感的准确把握显得十分要紧。丹麦、法国合拍的电影《黑暗中的舞者》是一部有点煽情的故事片。但其中一些出其不意的人物关系细节，是导演的成功创造。女主人公沙玛是美国华盛顿州的一个捷克移民，一家铝制品厂的工人。演员用的是著名歌星，女主角业余又酷爱音乐。诸多因素决定了这部电影的气质和风格。它可以说是一部在喧闹的日常生活中，在女主人公灵魂、命运的所有转折关头，由音乐发动战争的音乐故事片。

沙玛的邻居，警察比尔趁着她就要失明的时刻偷了她为儿子做手术攒下的所有积蓄。沙玛去比尔家讨钱，两人在搏斗中沙玛用比尔的枪杀死了比尔。这里有一个细节：当沙玛抢过比尔手中的枪时，比尔央求沙玛，让她开枪打死自己。

他的内疚之情，沙玛和观众一目了然。所以当沙玛打死比尔又不知自己该留下还是该逃跑时，导演让比尔和沙玛之间产生了这样一种关系：死去的比尔突然复活，他站起来，用舞蹈动作推动着沙玛向门外走，这一对仇人在一起舞了起来，死者对生者说着你快走吧快走吧，趁着我妻子叫警察还没有回来……沙玛在和死者舞蹈着的旋转中舞出了比尔家，逃向远方。

对体裁感的准确把握造就了这对仇人此情此景中看上去难以理喻的关系和行为，但观众并不觉得别扭，因为这样的体裁可能发生这样的想象力，这样的想象力可以创造出两个人之间的这种关系。它深入到了生者和死者的内心，使作品充满悲恸的感染力。这里我说的体裁不是题材，体裁最终决定作品的风格。比方《小二黑结婚》和《梁山伯与祝英台》都是反封建的作品，但是梁、祝二人可以“化蝶”，小二黑和小芹就不可能化蝶。为什么？体裁决定的。

所以我认为：第一，创造是想象力对写作者灵魂忠实的投奔；捏造是写作者在抄近道的途中充满功利心的算计。而想象力也不是空穴来风，它其实要靠写作者内心的长久培育，是对体裁感脚踏实地的判断和把握，是合理的对人生逻辑的老实推敲。

第二，生活中有现成的人物关系，但文学中从来没有现成的人物关系。对文学而言，我们不是生活在真实中，而是生活在对真实的解释中。不可能有拿来就用的人物关系，特别是长篇小说中的人物，都是放在作家心里多年培育出来的，是培育，而不仅仅是存放。

四、“建设性的模糊”对表现“关系”的意义。

曾经听过一位资深外交家谈到某国和某国的关系现状时，用了这样一个形容：建设性的模糊。我以为这也适用于表现小说的某种意义。

日本作家大江健三郎有一个写于二十世纪五十年代的中篇小说《性的人》。那时二战结束不久，日本在这场战争中的不光彩角色和颓败的情绪笼罩着国民。《性的人》表现的就是这种背景下的日本几代人信仰的丧失，精神的困苦。小说中三个男人，一个退休的老外交官，一个家境富裕、本人无所事事的中年人，一个十七岁左右的不良少年。为了寻找刺激，三个人都选择在东京拥挤的电气火车上猥亵妇女。三个人也正是在这样的过程中相识。有一次电车上的少年险些被铁路警察抓走时，同在车上的外交官和中年人救了少年。他们一同下了车，开始了“同流合污”似的短暂交往。但是，被救的少年从一开始就是蔑视外交官和中年人的，他认为他们看上去“机灵”的自我保护充其量只能算是“安全型流氓”；而少年自我设置的与社会的关系，是渴望彻底地被抓。

少年的思维和少年曾经梦想当一个诗人的念头，令外交官和中年人感到新奇并有些自惭……有一天，三个人在铁路附近溜达时，少年发现一个七八岁的小女孩正独自一人站在路边商店外等着妈妈买东西出来。少年向那小女孩走过去了，这时的小女孩一定是作为少年的“猎物”存在于铁路边的。他走过去，几句话就拉住了孩子的手，显然小女孩对少年没有丝毫警惕。外交官和中年人就在不远处看着，这次他们想制止少年，也许因为那小女孩太小了，但他们却又没有制止的行动。这时一列火车轰然而至，他们看见少年拉过惊慌的孩子，用自己的身子做遮挡。火车过去了，小女孩安然无恙地仍然在铁路边站着，她那刚从小商店出来还不知就里的母亲走过来领走了她。少年则被火车永远地卷走了。

一切是在来不及思考的状态下完成的，但是读者有理由相信，在少年的最后时刻，他和小女孩的关系由被害转化为被救。这种自相矛盾的结局是少年给读者留下的模糊的空白，但我要说这就是一种“建设性的模糊”，在少年的沉沦和献身中我们看到了作家对人类“积极的美德”的呼唤。少年的死也震撼了两个成年人，他们确感自己既不如少年彻底，也不如少年积极。性并没有给他们空虚的内心带来任何出路，他们从此洗手不干了，并迅速分手，开始试着严肃地面对生活。

很难准确解释“建设性的模糊”，但至少它包含着无限丰富的可能性，并且这可能性是积极意义上的。建设性的模糊不是消极的含糊，它能够体现出作家笔触的深度。建设性的模糊也往往是通过被常人忽略的朴素形式来表现的。你可以写一万个人的战争，也可以写一个人的历史，这并不是最重要的。重要的在于你从中传达出的信息量和信息密度。这里就包含了建设性的模糊。

因为在小说中，最接近真实的关系可能是最模糊的。反过来也可以说，最模糊的关系可能最接近真实。

“关系”这个词在小说中是美妙的，充满了挑战和诱惑。好的小说提供的是过程而不是结果，对“关系”的不断探究和发现，可能会有益于这过程本身的结实和可靠。

胡同在左，棉花地在右[1]

女士们、先生们：

大家好。这次中法文学论坛的主题是“今天的文学土地”。在谈文学土地之前，我想先提及属于法兰西这块土地的我所尊敬的一位长者：让·皮埃尔先生，他的中文名字叫杨鹤鸣。杨鹤鸣先生是法兰西学院院士，法国国家图书馆前馆长，曾任二〇〇四年中法文化年组委会法方主席，青年时代在中国做过外交官。

五年前的这个季节，我和我的几位文学同行来到法国，在巴黎参加第一次中法文学论坛。那次论坛的成功举办，有中法两国文化、外交界朋友的热情组织和参与，其中杨鹤鸣

1 此文为作者在二〇一四年十月十七日第三次中法文学论坛上的主题演讲。

先生的真诚支持至关重要。当时他已在病中，不仅自始至终参加了论坛，还在论坛结束后陪中国作家参观法兰西学院。他亲自担任讲解，一步步走完所有楼梯，最后引我们来到文学密室。他请我坐在那把著名的大椅子上，拿起一张淡黄色小纸，笑着问："你准备投谁的票？"回到北京后，我给杨鹤鸣先生寄去新年贺卡，表达我的感谢和祝福。很快就接到他的回信。他在信中写道："亲爱的朋友，我在普罗旺斯度完圣诞节假期回到巴黎后，收到您的贺卡，写着长长的祝福，带给我莫大的快乐。也请接受我在虎年给您的祝福。我非常高兴能与您见面，十分欣赏您在论坛上的发言。我不会忘记桥的故事，也不会忘记您对巴尔蒂斯和库尔贝所做的比较。据我所知，法方所有参加者都非常满意这次活动。我希望我们可以在二〇一〇年相聚在中国，或许在北京，或许在世博会期间的上海。您知道我是多么热爱您生活的国度。亲爱的铁凝，请您相信我诚挚的友谊。"让人没有想到的是，不久便听到了杨鹤鸣先生病逝的消息。

今天我愿意借此庄重的机会，表达一个中国作家对杨鹤鸣先生的敬意和怀念。有这样的前辈为中法文学交流做出不平凡的贡献，我们当特别珍惜。此时此刻，在这所历史悠久的人文协会，我好像又听见杨鹤鸣先生在文学密室里的发问："你准备投谁的票？"我想说，虽然我没有资格投院士的票，但环顾这各种诱惑和各种热闹日益膨胀的世界，我还是有权利投寂寞的文学一票吧。

现在回到主题："今天的文学土地"。这是一个宽广无边的大题，具体到我个人，也许可以从两个方面介入：一是我的文学土地，二是文学的土地。

中国有句老话叫作一方水土养一方人。我相信这也包含了一个作家的生长土壤。我出生在北京，在北京的胡同，胡同里的四合院，四合院里的外婆家，度过我的少年时代。那是上世纪六十年代后期，"文化大革命"正在高潮，因为父母的知识分子身份，他们被集合到外省做长期的劳动改造，我作为寄居者被外婆收留。出身有问题的外婆也正受着革命的威胁，革命使封闭的四合院敞开大门，不再是一家独住。革别人的命的人家搬进来占据北房（四合院北房为正房），外婆家被挤至南屋，一些漂亮的家具堆在院子里等待上缴。下雨了，它们被雨布遮住，我钻进去，蹲在一张巨大的紫檀木桌子底下，抚摸细润的白铜抽屉把手，和镶嵌在桌子腿上的美丽云母，不明白为什么一定要把它们送给别人。隔壁院子里传来一位老者的惨叫，是红卫兵在打他，他的历史不清白，或者还是个资本家。我把头埋在膝盖上明白了一点：外婆和隔壁惨叫的老者同属不受这个时代欢迎的人，而我是个不受外婆欢迎的人，尽管在那些岁月，我总是想努力做一个模范小女孩。不久，外婆家的两只猫闯了大祸，它们都是公猫，花的叫梨花，黑的叫小熊。它们性格不合，平日总是打架、争吵。但是一天晚上，两人（猫）竟然齐心协力从外面抬进来一只刚炖熟的老母鸡。它们把鸡放在外婆脚下，仿佛打算邀功请赏。外婆的脸吓得很白，她可能已经预感到不祥。果然，它们的行为是偷窃，鸡是同院北房主人的。第二天，丢了鸡的邻人抓住梨花绑在枣树上，用捅炉子的铁捅条将它打死；机灵一点的小熊则伺机逃跑从此不再回家。当梨花在枣树上被打得哭嚎不止时，外婆在床上用被子蒙住头，并要求我也学她。我不喜欢我的外婆，她在白天表现着革命，在夜里却常常独自偷吃点心，间或也对着镜子擦一点法国香粉，再用日本眉笔描几下眉毛，又快速擦掉。我躺在她对面的小床上觑着眼睛看她吃喝、化妆，并非没有生出过向革命群众揭发她的念头，但那天蒙着被子的她却让我生出一点同情。许多天之后的一个晚上，我去胡同口倒垃圾，回到院子里不想立刻进屋。我站在外婆家的青石台阶上仰望北房的灰瓦屋顶，突然看见一个熟悉的黑影正卧在屋檐之上看我，是小熊。它想家了，却不敢回来，甚至不敢发出叫声。我们互相看了一会儿，小熊箭头一般蹿上屋脊，消失了。

胡同之于我，虽然常常是忧伤多于欢乐，但一个暂时未被社会注意的孩子，总能找到玩伴，有时我们观察出入胡同的男人女人。我见过住在东城的外婆的妹妹——我的姨婆，鬼鬼祟祟地潜入外婆家，向外婆哭诉亲生女儿对她的侮辱。姨婆曾经是个资本家太太，女儿为了表示和她划清界限，竟将厨房里半锅热油泼在她身上。姨婆撩起衣服让外婆看她的胸，我看见一边的乳房已是焦煳状。外婆也哭，却不忘打手势叫姨婆小声。革命使亲戚间极少走动，特别是姨婆这种身份。如果同院邻居听见两个老太太对革命表示恐惧，后果不堪设想。也因此，外婆一家人总是小声说话，并不断配以手势，看上去常常像是在说哑语。这更让人压抑，我常寻机会溜出家门。

我喜欢看胡同西头一个名叫小六的美女，她经常靠在半掩的黑漆街门上编织毛线，听任胡同里的男人故意在她院子门前来来回回地走。虽然依中国的传统道德眼光，女人靠门而立是不正派的，但是我崇拜她因美而生出的高傲。

我喜欢听胡同东头一个口吃的老头跳出门来央求吵了他睡觉的孩子，别在他窗户下面滚铁环，跳房子。他是一位蹬三轮车的老工人，他伸出一只手，揸开五指，对孩子们说："我求求你们了，让我眯，眯，眯那么五分钟！"以后，每当胡同的孩子在老头窗下捣乱，老头气得冲出门时，不等老头说话，孩子们会一起伸出手揸开五指，齐声大喊："让我眯，眯，眯那么五分钟！"固然这是缺乏礼貌的顽皮，却带给沉郁的胡同一点明亮的生气。

我喜欢追随一些大女孩，当其中一位在外婆后院那间须经过狭长通道才能到达的隐蔽厕所里，扭捏而自豪地向我和我的玩伴展示她的初潮时，我们惊羡得目瞪口呆。

我还在胡同里见识了黄金。同院西屋那位工程师太太，丈夫突然在一天夜里被抓走，从此两年无消息。工程师太太疯了，证明她疯的事实便是，本来胆小沉默的她，狂躁地强迫全院人参观她藏匿的金子。她从窗台一个破纸盒里拿出一个毛巾小包当众打开，里边有七八块麻将牌大小的金块。她又从门旁一只坏掉的蜂窝煤炉子里掏出一个毛巾小包，里边也是一堆金块。她又举起一只扔在白菜堆上的鸡毛掸子，自上而下一捋，几十只金戒指滚了出来，在院子的青砖地上蹦跳。原来最危险的地方最安全，工程师太太把黄金藏在——应该说摆在了院子里最明显的地方。而我的少年仿佛在满院子金戒指的蹦跳中宣告结束。

高中毕业后，上世纪七十年代中期，我作为知识青年去往地处河北省的平原乡村，做了四年农民。我所在的村子是产棉区，距北京两百多公里。对中国而言，北京的胡同和这片棉花地的距离并不遥远。种棉花是辛苦的，从四月初一直到十一月末，棉花地总也离不开农人的伺候。虽然毛泽东主席说过“革命不是请客吃饭”，但农民也有自己的硬道理，革命的目的之一，难道不是为了让人民请得起客也吃得饱饭吗。土地必须生长庄稼，棉花地必须盛开棉花。这样事情就变得单纯，乡村的氛围比起城市，也不那么紧张了。那些乡村的女孩子，和广阔的平原大地一同接纳了我们。她们诚朴，直白，热心，勤勉，她们对城市里来的这些学生没有歧视心。她们的怜悯和扶助给了我欢乐并使我心安。

入冬时节，我们在旷野的寒风里摘棉花，干硬如铁丝的棉花枝划破双手，用鲜血淋漓来形容我们的手是不过分的。但那是一个欢乐的时刻，我们每人围一个大白布兜，装满棉花的布兜涨满在胸前，人人都像挺着一个大肚子。有结了婚的媳妇便指着彼此的“大肚子”开起玩笑。谁都明白那玩笑的含意，十七八岁的我们也挺着“大肚子”傻笑。

当我被乡村女友素英邀请去她家吃饺子时，当她癫痫病发作牙咬舌头抽搐不已时，身为无神论者的我，在素英母亲的号召下，也相信素英身上有鬼。我们不去请村里医生，只忙着打开门窗，烧一沓纸钱，在半空中挥舞胳膊请鬼出去。奇怪的是“鬼”真出去了，因为素英醒了过来。

夏夜里我也和素英去离村几华里的棉花地守护棉花，浇地。比之狭窄的北京胡同，黑锅一样的大平原黑夜从没有让我感到恐惧，是因为有素英为伴，她口袋里还装着一把出门前炒好的黄豆，我们两人奢侈的夜宵。我们躺在棉花地的窝棚里吃黄豆，看星星，我在乡村才认识了三星、勺星、北极星。几年之后，我也才知道了冀中平原棉花地里更深的历史，棉花地的窝棚里更古老的习俗。我的一个八路军姑姑，在战争最残酷的一九四二年由于叛徒告密，被日本人杀害在棉花地里。

战争之前，深秋摘棉花时节，也是深夜的棉花地窝棚里的热闹时刻。为防棉花被盗，棉花地需要整夜看守。这时男人们争抢着去棉花地搭窝棚，因为成群结伙的外来女人，正在等待。等待黑夜将她们的面容模糊，她们更容易在棉花地里游走，并坦然钻进男人的窝棚。她们从事着以身体换棉花的营生，这种交易被称作钻窝棚。村人都知道秋季里的钻窝棚，却心平气静。那仿佛是一种心照不宣，女人隐忍，男人稍显羞愧，之后，棉花摘完，窝棚拆掉，日子照旧。平原的黑夜因为这样的交易而亢奋，卖各种小吃的也聚拢过来，小商贩挑着担子在棉花地里深一脚浅一脚地游走，颇有点棉花地夜总会的意思。

这生长棉花的土地，有多少我还不知道的故事。

不久前，我从北京金融街走过，站在一座数十层高的银行大厦门前，忽然发现这个位置正是我少年时常来的一间药房。少年的我常常从南向北，横穿过长安街，登上那药房高高的台阶，去给一岁的表妹购买通大便的甘油栓。如今这一大片胡同都已消失，包括外婆的院子。可我还是在银行的地面之下看见了那间四十多年前的药房，在水泥森林中，看见胡同美女靠在黑漆街门上织毛线，听见蹬三轮车的老头揸开五指的央求声："让我眯，眯，眯那么五分钟！"他只是一个想睡觉的老人，胡同里的孩子，也包括我，就是不能答应他的请求。

胡同在左，棉花地在右，假如每一个作家都有属于自己的文学土地，这两块看似不搭界的土地，从前是我的文学的出发点，未来仍然是我的文学的深厚地基。没有胡同，我不可能写出长篇小说《玫瑰门》。而棉花地诱惑我写了长篇小说《笨花》。我以为，写作者必须拥有一块属于自己的文学土地，这土地不在多而在养护、经营和开掘，这土地还应拒绝那些促果实速成的化肥膨大剂。今天的金融街并没有埋葬我的文学胡同，因为不论新故事老故事，总有水泥森林之下的老地基做底。在我的文学老地基上，有我的语言之花的根系，有我心中的民族道德谱系，有我对本真的中国民间日常生活的深度惦念。

从地理位置看北京，北京是被河北省包围。浪漫一点形容，作为政治文化中心的首都北京，也可以说是被棉花地包围。对文学而言，这没有什么不好，至少提醒人们，即使越来越国际化的超大城市，仍然需要与人类肌肤相亲的棉花，我们每个人的衣服的某个角落，也还标有 100% Cotton，或者 30% Cotton。这里有直指人心的温暖，好比在黑锅一样的夜空下，棉花地里，我的乡村女友放进我手心里一把炒黄豆。

近些年常听文学同行们感叹，今日文学已被挤至社会边缘，文学的疆域好像也在不断萎缩。但我觉得，文学本无国界，只要全世界的作家都有一块自己的文学土地，连接起来将无边无际，丰富无比。又想起最近中国一个商业广告词：比高山宽阔的是大海，比大海宽阔的是男人的情怀。这里我想改写一下：比大海宽阔的是人心，比人心更宽阔的是文学的土地。

因为文学的存在是为着人心的宽厚和广博，宽阔的文学土地会让我们体味有限的生命那双倍的延长和不断丰满，让我们在不同语言的美妙转换，在差异性对话和时空的神奇拓展中，享受不同文化背景下文学共同的魅力。

二〇一四年九月二十八日

辑三

读画

我看父亲的画

我是父亲的孩子，从小就看父亲作画。

在中国，拥有自己画室的画家是不多的。在从前的许多年里，父亲的画架常常随意放在家中的某个角落。我在油画颜料清苦的气味中看父亲怎样把空白的画布铺满颜色，当父亲擦笔的废纸撒满地板如一地怪异的花时，我就知道他又完成了一张新作。在文化萧条的时代，父亲的油画大都背朝外地靠在墙角，而水粉、水彩则被平铺在褥子底下。至今我还记得，当友人前来看画时，母亲是怎样协助父亲掀开厚厚的褥子，再由父亲小心翼翼地抽出他的一沓沓小画和大画。那时父亲的一双大手托着他的作品，脸上满是宁静的疼爱之情。或许正是父亲的这种表情最初启迪了我的心智，当我对绘画一无所知时，就忽然明白了艺术的魅力。

我想，假若一个人找到了他面对世界的表达方式，便不会轻易舍弃，因为这种表达本身即是他生命形式的一部分。父亲无疑将绘画视为他生命的一部分，他的每一个画面，又好比由他的生命派生出的许多永恒的瞬间。

父亲的画，就因此弥漫着一种可以触摸的激情。即使面对着他的静物，我也会生出快乐的不安。于是我想：什么是静物呢？照字面的解释，静物就是安静的东西。但是山川树木不也安静着吗？它们进入画家的视野，可被称作风景，静物实际也是风景的一种啊。在画家的笔下，一只花瓶的呼吸与一条河流的沉默原本无须界定，它们都是有形的生命。还有人，人在父亲的笔下不也是静穆着的自然吗？作为观众的我，只有在他的画上，才会在雨后的村边读出许多北方的故事；才会在被薄雾打湿的无名花瓣上感应到世界的庄重和俏皮；才会在娇艳欲滴的红土堆上发现令人惊惧的美丽；才会在蓬勃茁壮的人体上领受到自然的恩赐；才会在黑的山白的树身上悟出喜悦人生的明媚。

今年五月，当父亲在中国美术馆举办他的个人画展时，像过去的每次画展一样，许多新画被堂皇地排列起来，但父亲依旧不忘他的老画。他把它们一张张拓出来，老画们好像还带着棉花的气味和人的体温，父亲已有了白发。有些老画虽小，可它们并不羞惭。因为父亲几十年的劳作人生和他的梦想，仿佛都被挤压在那些画面之上了，它们永远有资格和父亲的新画一同面对观众。面对从前这些被棉花和人体焐过的画，我很想放声大哭。父亲这一代人，经历了战乱、饥荒和文化的浩劫，经历了那么多悲凉和孤寂的时光，是什么使他挽留住了直面人生的一片童真？在父亲的画里，最少有的便是世故。他固守着自己的灵魂所感知的世界，他又用颜色和笔触为观众创造出充满动感的新奇，使我每每温习生命的韧性和光彩。假如人生犹如一幅幅风景，父亲的风景线上，处处是烂漫的真情。

并不是每一位人过中年的艺术家都能挽留住这一份烂漫的童真，这童真的冶炼，就始于艺术家在他的作品被压在褥子底下几十年之后，对日子依然的不倦。

我是父亲的孩子，从此更加渴望理解父亲的风景。当我到了父亲的年龄，在我的风景线上，能够挽留住什么呢？

怀念插图

在我童年和少年的阅读记忆里，小人书和带插图的小说占有很重要的位置。比方上世纪六十年代看贺友直先生绘制的连环画《山乡巨变》，有一个中间人物名叫亭面糊的与人喝酒，画面上两人围一张破方桌，桌中央一碟下酒菜。那碟中的菜不过是贺友直先生随意画出的一些不规则的块状东西，却叫我觉得特别香，引起我格外强烈的食欲。这可笑的感觉一方面基于那个物资匮乏的年代；另一方面由于我对“吃”的特别敏感，因而忽略了贺友直先生在连环画创作上的艺术造诣本身。但不管怎样，连环画《山乡巨变》已被我牢记在心了。又比如少年时读苏联很多带插图的惊险小说，觉得正是那些画得很“帅”的插图帮了我和小说的忙，使我能够更加身临其境，对特务和“好人”有了如看电影般的直接认识，也使小说变得更加生动而有光彩。

我第一次读孙犁先生的中篇小说《铁木前传》是在二十岁以前。这部四万五千字的小说，在一九五九年被新成立的百花文艺出版社以带彩色插图的单行本出版，且分精装和平装两种版本，这在当时是很高的规格了。我读的是平装单行本，当时除了被孙犁先生的叙述所打动，给我留下深刻印象的便是画家张德育为《铁木前传》所作的几幅插图。其中那幅小满儿坐在炕上一手托碗喝水的插图，尤其让我难忘。

小满儿是《铁木前传》里的一个重要女性，我一直觉得她是孙犁先生笔下最富人性光彩的女性形象。单用艳丽、风骚不能概括她，单用狡黠、虚荣不能概括她，单用热烈、纯真更不能概括她，因为她似乎是上述这种种形容词的混合体，而作家在表现她时也是用了十分复杂的混合情感。画中的小满儿，在深夜来到住在她家的干部屋里，倚坐在炕上毫不扭捏地让干部给她倒一碗水。深夜的男女单独相处，村人对她的种种传闻，使干部对她心生警惕。然而她落落大方地与干部闲聊，探讨怎样才能了解人的内心。这时她的眼光甚至是纯净的，没有挑逗的意味，虽然在这个晚上她美艳无比，头上那方印着牡丹花的手巾，那朵恰巧对在额前的牡丹花给整个的她笼罩上一层神秘而又孤傲的色彩，使人想到，在轻佻和随便的背后，这女人的情感深处也有着诸多的艰难和痛苦。

在这插图的下方，有一行小说中的文字："了解一个人是困难的，至少现在，他就不能完全猜出这个女人的心情。"

张德育先生颇具深意地选择并刻画出孙犁先生赋予小满儿的一言难尽的深意，他作于上世纪五十年代的这幅插图的艺术价值并不亚于孙犁先生这部小说本身。我一向觉得，中国画和油画相比，后者在表现人物深度上显然远远优于前者。但张德育先生的插图，用着看似简单的中国笔墨，准确、传神地表现出一个文学人物的血肉和她洋溢着别样魅力的复杂性格，实在让人敬佩。中国至今无人超越张德育这几帧国画插图的高度，他自己也未能再做超越。

我那本带插图的《铁木前传》在几次搬家中丢失了，一次朋友相聚，我的同事、诗人刘小放听说我在寻找《铁木前传》插图，慨然将自己珍藏的精装本《铁木前传》"献"了出来借我为插图拍照。我把刘小放这本《铁木前传》带回家，除了再次重温孙犁和张德育的感人至深的艺术，也了解到一个喜爱他们的诗人的情感。这书的扉页上有一行稚嫩的钢笔小字：一九六二年购于黄骅。衬着这小字的，是他的一枚印章。翻开小说，随处可见一些段落中，在他认为精彩的句子下边用铅笔画出的重点线。那时的刘小放尚是一个不到二十岁的青年，但这青年对文学的虔诚，在这本书里也略见一斑了。

前不久我终于和久未联系的张德育先生通了电话，他现居天津，因为和我父亲是多年的朋友，我称他张伯伯。从张德育伯伯那里我得知，《铁木前传》的插图原作在上世纪六十年代那场文化浩劫中全部被毁掉了，他本人也为此吃了很多苦。提起这些往事，他有些黯然，当我把话题引向当年创作这些插图的情景，他才又兴奋起来。那是五十年代末，他刚从中央美院毕业，分配到百花文艺出版社，一次读到《铁木前传》，立刻被打动，向领导提出要为这小说作插图，并专门到冀中乡村体验生活。虽然他也是出身乡村，在他心中，也存有小满儿这样的女孩子的形象，可他还是一丝不苟地到了有别于他山东老家的冀中平原。他还讲到，作品完成之后他去孙犁家听意见，孙犁兴奋地招呼老伴出来，然后他们两人一块儿问张德育：你是不是见过小满儿？

张德育没有见过小满儿，但孙犁夫妇的惊讶已经把他的成功告诉了他。我很少听见作家对插图画家的认可，我也深知画家能画出作家心中珍爱的人物的不易，但是张德育做到了，他画出了孙犁心中的小满儿，不凡的《铁木前传》因此具有了更加非凡的意义。

在今天，我们生活在媒体爆炸的时代，电视、网络和各种影像让人目不暇接。插图和小人书已经离我们远去。我怀念这些在今人看来经济效益低下，又是“费力不讨好”的绘画品种，不单是对童年的追忆。那些优秀的插图和小人书永远会有它们独立的价值，它们不是机器的制造，而是出自人心的琢磨和人手的劳动，因此散发着可嗅的人间气息，也真正有作者的血肉和他所塑造的形象的血肉饱满的混合。

韩熙载夜宴图

有时我翻看历史绘画（中国的或外国的），常生出一种莫名其妙的遐想：难道历史上真的有过这样的人和事吗——包括那些画家的存在。特别是在欣赏一些“高手”之“高作”时，这种遐想就更甚。因为对于它们（他们），有根据的记载实在是微乎其微。比如出于五代时的画家顾闳中之手的《韩熙载夜宴图》，只在传至宋徽宗的宣和内府时，才有了记载画家顾闳中和画中主人公韩熙载的文字。从这里我们得知，韩熙载为南唐的中书侍郎，山东北海人，唐末进士，后战乱南逃，随中主李璟为官。后主李煜想起用韩为相，而韩得知北宋统一全国已成定局，自己再无可能在政治上有所作为，索性纵情声色乐舞之中，以放荡不羁的生活表示灰心失意的政治态度。后主李煜得知韩“多好声伎，专为夜饮，虽宾客糅杂，欢呼狂逸，不复拘制”，便命宫廷画师顾闳中“夜至其第，窃窥之，目识心记，绘图以上之”（据《宣和画谱》）。这是唯一关于画家和作品的文字记载。但《宣和画谱》本是宋徽宗时的收藏索引，而宋徽宗距五代又晚了两百多年。而且，作于一一一九年后的《宣和画谱》离我们也有九百余年，有谁能证实这本东西的真实性呢？晚清时有人可以把康乾时的官窑瓷器模仿得能够乱真，后人编写一部《宣和画谱》又有何难？至于摹刻一枚“天子宝鉴”的印章更是雕虫小技了。那么，“夜宴图”的这段空白便又无从考证。此外，关于顾闳中作此画的目的亦有多种说法。一说如上，算是正史，意思是李煜为“调查干部”而采取的一种手段。一说是李煜命顾闳中画成此画后交给韩，有“诫示讽劝之意”。另有野史云：顾闳中属于受贿小人，说这画是无中生有，作为佞臣攻击韩，使其贬谪丢官之证据。如此，这种正史、野史的众说纷纭，于作者和作品便都有了演义之嫌。再者，从艺术史的发展角度看，艺术总在不断前进，这一规律似乎是绝对真理。但是中国的人物画，从五代到上世纪初的近千年，为什么一直走着下坡路？到晚清、民国时，中国的人物画已跌至“惨不忍睹”的地步，功夫和趣味皆被画家丢至九霄云外。我作为距此画近千年的一个观众和读者，对此存有疑虑，不是很自然的吗？然而《韩熙载夜宴图》确又存在，它像一部从天而降的天书，把中国的人物画“拔高”到了一个不可逾越的高度。它的“千古至尊”的价值直到今天仍无人超越。

《韩熙载夜宴图》是一部五段式的长卷，每段又可独立成章。第一段是描写韩与众宾客在听一女宾弹琵琶，据说弹者为教坊司李嘉明的妹妹，其余听众也各有其名，均为韩府的座上客。第二段为韩亲自击鼓，为跳六幺舞的歌伎王屋山伴奏。第三段是个“幕间”休息场面，韩熙载正坐在床边洗手，大约是洗去击鼓后手上的汗渍。第五段是曲终人散之后，韩熙载独立虚空举手送客之场面。

这里介绍的是第四段，这是全幅宴乐情景的高潮：韩熙载精疲力竭，加之天气炎热，他便不顾在众人前的尊严而袒胸露腹，却依旧全身心地听五位歌伎的管乐合奏。他那右手举扇又突然静止的姿态，是作者在处理此时此刻的韩熙载的绝妙之笔。这一段，无论对人物的刻画，还是构图、设色，均堪称中国人物画的经典。它那三组式的组合，它设色的雍容华丽而不纷杂，人物的聚散稳而不呆板，尤其居中那五位歌女动作一致中的求变，都达到了中国画无与伦比的佳境。

在西方的绘画史上，十世纪正是拜占庭艺术的复兴阶段，它们以教堂壁画为主，把耶稣和他的门徒作为主要描写对象，其形式也是平涂勾线的手法。但无论构图、设色，还是对于线的运用，都大大逊色于与此同时代的《韩熙载夜宴图》。五百年之后，意大利文艺复兴时，油画的出现，才使西方绘画在人类历史上奠定了自己的位置。而西方的文艺复兴时期，正值中国的明朝中叶，这时中国的人物画值得一提的，似乎只是美术史家为了填补中国美术史的空白而设置的。不知那时的唐寅和陈洪绶为什么不多研究一些顾闳中。

我愿意五代时中国真的有位画家叫顾闳中，我愿意相信《韩熙载夜宴图》不是从天而降，它是中国古代画家大才情和大智慧的结晶。

勃鲁盖尔与他的两幅画作

勃鲁盖尔（1525—1569）是十六世纪荷兰绘画的开拓者，他选择直言不讳的世俗内容，借着对事物细节的忠实描绘与怪诞幻想的唐突对比，表现人世缩影。画风古朴率直，擅以高视点构图、侧面轮廓线描摹，令画中的人物、事物看似简单，实际却产生强烈、有力的效果。由于在为数不多的五十余件作品中有相当部分表现了尼德兰时期的乡村生活，他被同时代人称为“农民画家”。很难断定这种称谓里有多少善意，有据可考的是十九世纪德国权威艺术史家华更的论点，在当时得到绝大多数观众的赞同。华更这样形容勃鲁盖尔的绘画：“他观看这些（农夫的）景象的方式虽然是聪巧的，但却也十分粗糙，有时甚至庸俗不堪。”华更崇拜的是如拉斐尔那样的描绘完美和理想形象的大师，他以及相当部分世故的艺术圈子里的评论家对勃鲁盖尔蔑视不顾便也可以理解。

一、《农民舞会》

这幅《农民舞会》是勃鲁盖尔的晚期作品，也可以说这是一幅情节性绘画。当地农民可能为了庆祝一个圣人的诞生日而聚在一起开起舞会，但小教堂却被画家有意设置在远处；一间插着幌子的酒馆则占据了画面的一半，成为舞会的最突出的背景。画面上的人，远处舞着的人，右边那一男一女正奔跑着要去跳舞的人，左侧那个头戴白帽的苏格兰笛手，还有笛手身后的酒桌上那几个喝得半醉、正高谈阔论的人，他们虽状貌各异，但在神情上有着一个不容忽视的共性，就是他们都不快乐。那个几乎是背对观众的黑衣男人，他的侧面告诉我们，他对这个舞会有着诸多欲望，而这欲望显然不在他身后被他拉着的女人身上。左边那个苏格兰笛手有点觑眉皱眼，并且神不守舍，他的注意力不在他吹奏的音乐上，也不在身边那个穿着红背心、帽子上插根羽毛的有点虚荣的年轻人身上。他看上去老谋深算，一肚子邪火。画面最左边，酒桌上那个最左边的男人，他那竭力扬起的下巴和紧紧抿住的薄嘴唇，透露着他的不满和他那酒也压不住的愤怒难平的心绪。而在不远处的酒馆门口，女店主正强拉客人往里走。这就是勃鲁盖尔笔下的农民舞会，他笔下的农民的确称不上是优雅，也不似米勒笔下的农民那样与大地自然地浑然一体。但也许这正是勃鲁盖尔独特的价值和他的深刻所在。他对他的乡亲直接的、果断的、稍带尖刻之感的描绘，准确表达出他对他们那爱恨交加的情感，他对他的民族的深切理解。欲望、贪婪、无休止的争吵以及暴饮暴食的诸多丑态细致入微地集中呈现在《农民舞会》的画面上，你会感受到一点不是农民的，而是人类的某种带有罪恶感的悲哀。

所以我想说，勃鲁盖尔不是农民画家，他是深刻地站在一个高度上表现了农民的大家。他以惊人的真实表现了人类粗鄙的一面，并不等于说他就是粗鄙的。我想起在十九世纪的俄国，也有评论家曾说契诃夫是庸俗的作家，依据在于他笔下有一大批庸俗的人物。而契诃夫正是用他的这批小说一生与庸俗作战的。

勃鲁盖尔对画面细节不厌其烦的精确而热烈的铺陈，可能源自那个报纸、照相、电视、电影等媒体一概都不存在的时代，绘画还担负着满足大众普遍求知欲的重负。而他的这些妙不可言的佳作甚至被后人在拍摄电影电视和上演戏剧时不断用作考证当时生活、服饰和乡间道具的重要依据。他刻画人物所用的鲜明的轮廓线和清晰、单纯的色彩与那些精彩细节能够在同一画面自然融会，这本身就充满着无尽的妙趣。

二、《疯狂玛格》

画面中间那个身穿男人战袍，头戴盔甲，一手持剑、一手挽着包袱和篮子，腋下夹着宝盒的红鼻子女人就是玛格了。玛格是用来形容任何泼辣、蛮横女人的贬义名字。在尼德兰流传的谚语中，疯狂玛格能够进入地狱抢劫一番，然后毫发无伤地返回。

有评论说勃鲁盖尔在此画中讽刺霸道、聒噪的女人，谴责人们贪婪之原罪。你看，玛格和她那群貌似鬼魅的同伴已经满载而归，但贪得无厌的她们仍然准备把地狱一扫而空。其中最按捺不住的当属玛格。画面右下方，当她的一伙女伴正洗劫一间房舍时，玛格已穿越了一片布满怪物的平原赶往地狱之口。那地狱好似一个巨大的猪头怪兽，通向它那丑脸的吊桥已被玛格一个身形奇异的同伙奋力拉下，此时对地狱无所畏惧的是这群女人，而那拟人化或说拟兽化了的地狱反倒对她们怀有疑惧。

勃鲁盖尔真是在讽刺霸道的女人吗？评论者还找出了西方谚语中的一段来证实勃鲁盖尔的出发点：“一个女人喋喋不

休，两个女人制造麻烦，三个女人喧嚣如过集市，四个女人反目争吵，五个女人组成军队对抗第六个手无兵器的魔鬼本身。”女人在特定的时刻可能会如这谚语所描述的那样强大而又嚣张，因为女人，特别是处在西方最黑暗、最压抑人性的中世纪的女人，她们真正是受禁锢最深的最底层的一群。因此当我看到《疯狂玛格》时，我宁愿相信这是勃鲁盖尔描绘的一场中世纪女性的彻底革命，一场女性的集体狂欢。那气势宏大的场面，那因火光冲天而酿成的整个画面的橘红色主调，强调着这场革命的激动不安的情绪，地狱已在眼前，这里却无死亡之气息。因为处在画面中心的玛格是一副向着地狱进攻的姿态。她和她的同伴们的彻底，让地狱都感到害怕。右下方那群正在抢劫房舍的头缠白巾的女人形态和装束完全是最普通的劳动妇女，她们并不丑陋；玛格倒是难看的，她那向前突出的红鼻子，她那筋肉松弛的树皮样的长脖子，还有她的嘴，竖在上唇那琐细、深刻的一道道皱纹，流露出她长年累月的数落、怨愤、哀愁。因为她们是底层，她们的痛苦便双倍地多于常人。她们一旦革命，便也格外具有爆发力。她们在这时的忘我会使她们变得面目凶残，然而这是否都是女人的过错？

勃鲁盖尔以苦干实干的笔法详尽勾画了这场女人的暴动，不能说他对她们是恭敬的，但他对此有一种巨大的理解，或者说他的画面帮助他实现了这种理解。在处理细节部分时，他遵循了一贯的原则，毫不疏忽对画面配角的刻画，包括对地狱上方那盏灯的一丝不苟的详细描绘。勃鲁盖尔苦苦的写实和看似荒唐的梦幻使整个画面繁复动荡而又有序，神奇缥缈而又结实具体。

勃鲁盖尔带给绘画的价值，我以为我们是估计不够的，他在黑暗的中世纪的突然跳出，他的反叛精神和真正的先锋气质，实在值得我们研究。他必是那种有能力影响后来者的大人物，后来的达利、夏加尔们肯定都从他身上“偷”过东西。而他又是多么让人费猜测，因为他连一句关于艺术的发言也没有留下来。当然对于一个以造型艺术为本的大家，这也许并不是最重要的。

称金少妇

不久前读过这样一篇报道：一九九六年春，荷兰十七世纪黄金时代画家弗美尔首次回顾展在海牙展出。弗美尔与其同时代的荷兰大师伦勃朗齐名，四十三岁去世，仅留下三十多幅作品。这次在海牙的回顾展竟集中了二十三幅，超过他一生作品的三分之二，加之预先有计划的宣传，开展之前已经在欧洲造成轰动。各地旅行社借机垄断，预售入场券就达三十五万张。回顾展上人潮拥挤，即便有三个月的展期，应观众要求，美术馆还是将每日的展时不断延长——最长到晚上十二点。在九十天的展期内，观众达四十万人次。这样，荷兰海牙的美术馆以三百年前他们一位画家的二十三幅油画举办特展，仅门票收入就达五百万美元。

十七世纪是荷兰的黄金世纪，它摆脱了西班牙的殖民统治，于一六〇九年成立荷兰共和国。革命的胜利，经济和海上贸易的发展，使市民和商人日渐强大起来，王权则相对软弱了。资本主义的空前繁荣带动了艺术的兴盛，这时的荷兰文化脱离开当时欧洲文化的主流即巴洛克风格，脱离开巴洛克风格的那种豪华、绚丽、威严、庄重等特征，形成独特鲜明的市民性格。都市的、市民化的社会，使画家注重忠实描绘日常事物、家居环境，从市井生活里发现别样的诗意。这一时期荷兰画家们的画幅都是比较小的，取材、内容、趣味……都适合商人及市民家庭的收藏和悬挂。意大利文艺复兴以来所崇尚的宗教题材在此时的荷兰退居次要位置。弗美尔耀眼的才华在这样的背景下得以充分的释放，他一生把自己限制在极小的题材里，一条小街，或一个房间里的一两个人，这却丝毫没有影响他作为一流画家的位置，更没有妨碍他那小题材的画面充溢着一种浑然大气之势。

通常提到弗美尔，被作为代表作举出的多是《戴珍珠耳环的少女》《倒牛奶的厨娘》等，但更能打动我的是《小街》《称金少妇》以及《读信》《太太和女仆》这样的作品。

《小街》中的正面建筑是弗美尔故乡德尔夫特十七世纪典型的民居，画作那无比精确的由几条垂直和平行线所形成的严谨构图，它那由杰出的色彩分布所造就的朴素而又细致的光和影，使观者感受到一种清新安谧、温暖从容的氛围。

我们眼前略显扁平的这座三层民宅虽然占据了一多半画面，但是你并不觉得压抑或者失重，左边三组错落的屋顶侧面使画面开阔并活跃了。还有几乎居中的三组人物：正中是两个玩耍的孩童，右边黑门洞里倚坐着穿白衣的正在刺绣的妇女，她们不仅稳定了画面，还给《小街》带来一种难言的祥和之气。左边打开的门内是一位弯腰站在水池前洗涮的女人，她身后的白墙和仅露出一半的窗子，与右边坐着白衣妇女的黑门洞形成对比，而且巧妙地加强了画面的纵深感。弗美尔简练概括地处理这幅风景画中的人物，又细致入微地描绘老房子那有些龟裂然而十分亲切的白墙。你置身其中，忽然会觉得你其实也就在对面的一扇窗里，自然地、不被强迫地看见了这小街的景致。弗美尔知道如何近画现实，而又保持它和自己之间的距离，主宰现实又能在必要时涂掉自己的个性。他这种极为迷人的克制的天赋和气质，恰恰使他成为他那个时代的独一无二的天才。

《称金少妇》表现的是一个很私人的场景：一位显然怀着孕的少妇在自己房间一角称金。称金本是件普通事，好比有些人喜欢经常数钱。值得玩味的是画中称金的少妇那安闲的神情和手势。她的生活至少是中等以上的，称金并不是她算计生存的必须。从画面左上角而来的隐约光源给她的面部笼罩上一层柔和、低调的光晕，这场景里虽有珠宝闪烁，却无贪婪之气象。与其说她在兴奋地盘点“细软”，倒不如说把这当成一种独自的休闲。无疑这“休闲”是带有满足感的，但少妇放松而低垂的眼皮让她显得沉静、克制，她的小指高挑、捏住秤具的右手又带出点不易觉察的活泼。我最喜欢她左手的动态：那是一个介乎于“扶”和“搭”之间的动作，弗美尔以对女性独有的敏感刻画了这只手。它不是无力的，也绝非为了用力；几个手指在桌边既谨慎含蓄，又从容温婉的微妙起伏，不能不让人想到这就是弗美尔在处理这类题材时所持的一贯态度。这个称金的场面固然有着市民式的平庸，却被画家发掘出一种并不低下的耐看的美。而当我们久久凝视这幅《称金少妇》，也许还会悟出一种生命和时光的流逝，以及人类对它清静而又安然的等待。

也许艺术史家会说伦勃朗比弗美尔伟大，前者是一切画家中的画家。不错，伦勃朗对油画技法的贡献让他成为里程碑式的人物，但今天的观众对弗美尔的不寻常的热情，或者不仅仅是为了油画的技法。

为死者化妆

一、《浴者》(油画，一八五三年)

十九世纪当印象派出现之前，法国艺坛有三个举足轻重的画家：古典主义最后一位大师安格尔，浪漫主义的代表人物德拉克洛瓦和稍晚突起的自然主义画家库尔贝。库尔贝毫不谦虚地说，他是可以和安格尔、德拉克洛瓦齐名的。库尔贝的画作题材非常广泛，他画社会底层的劳动者，也画任人褒贬的裸体画。晚年时他又把注意力转向动物、静物以及风景。

《浴者》完成于一八五三年，并参加了这年的沙龙展。这幅画引起众说纷纭，人们提出许多问题：为什么库尔贝要把女人放在画面当中？为什么她伸出一只手？为什么她有那么大的屁股……评论家们做出了一些回答。一位伯爵出身名叫布鲁顿的批评家说，那个大屁股女人体现着中产阶级的表征，也就是被肥油和奢华所浸泡的中产阶级，已经再也没有让理想喘息的余地，注定了终身懦弱的命运。画中的浴者就是一个愚钝与自我为中心的化身。还有的批评家认为这幅画“粗野”“污秽”。当然也有为这幅画叫好的，一向以识货著称的收藏家阿·布鲁怀斯立即将这幅画收购。

其实，也许不必像布鲁顿那样去评价造型艺术，非说一个女人的大屁股就代表了中产阶级不可。这样就使观众更加对《浴者》摸不着头脑。那么小屁股女人呢？

我倒觉得，既然库尔贝已经宣布过对古典主义的“反叛”，那么他必得在自己的创作中对古典主义做出些挑衅。你能说只有安格尔的《泉》和《土耳其浴室》的那些“标准”美人才是美吗？大屁股显示出一种对人体画的创新，一种观念的明确改变。面对它的美与丑的争论，其实已经是在打破观众欣赏习惯的前提下进行的了，这是作为自然主义画家的库尔贝，在寻找自己于画坛一席之地时的一个谋略，也仿佛是库尔贝给评论家设下的一个圈套。库尔贝会说，谁让诸位叫我自然主义呢？大屁股不就是个大自然吗？至于她那向前伸出的手，恐怕也用不着解释。

话说到这儿却还不能算完，到底，我选择这幅画不是因为特别喜欢它，内心里我是有点不喜欢它的——自然主义的库尔贝给浴者摆下的终归是一个有点造作的姿态。可是，它的可圈可点恰在浴者那种既放肆又不知所思，既自由又有点“拿捏”的背面吧。

二、《碎石工》（油画，一八四九年）

一次，库尔贝本来是要去一个名叫圣德尼的地方画风景。路上他看到两个碎石工正在劳作，于是停了下来，努力观察他们：那个年长的工人穿着粗糙的裤子，裤子上摞满补丁，他正举起锤子敲碎眼前的石头。他身后的那个年轻人正把碎石装进一个筐里，准备往另一个地方搬。这本是一个司空见惯的劳动场面，库尔贝却不能平静了，决定把他们画下来。他为此画了许多草图和变体画。当最后的完成作于一八五〇年在法国沙龙展出时，引起轰动，竟成为库尔贝作为自然主义大师的奠基石。

有人认为这是库尔贝对人类命运的一种沉思。库尔贝却不这么说。他说这只是简单、忠实、专心地画出了他在路上的所见而已。

画自己的所见是库尔贝坚定不移的艺术主张。曾经有一位收藏家请库尔贝为他画一张有天使的画，库尔贝说：“对不起，我没有见过天使，所以我画不出。”忠实、专心地做自己的事是一切劳动者的美德。碎石工是这样，画家也是这样。劳动着，且是忠诚、专心的，便是美丽的。这就是为什么艺术家一再歌颂劳动的缘故吧。在《碎石工》里，库尔贝在人物形体上所有的细节描写都是专心和忠实的证明。那老者举起的胳膊，他那两只扭曲的脚；年轻人那两条难以支撑的腿，那弓一样的身体，都成为库尔贝式的美的经典。

我一直没有见过库尔贝所画的圣德尼风景，虽然在看见碎石工的那天，他本是去画那儿的风景的。然而，联系着库尔贝在画坛地位的不是圣德尼风景，却是这张在去圣德尼路上偶然所见的《碎石工》。

《碎石工》原藏于德累斯顿博物馆，后因该馆在二战中遭轰炸而被毁，现只留下照片。

三、《为死者化妆》（油画，一八六五年）

这并不是库尔贝最有名的画，这张画与那些能够鲜明表现他风格的名作，在气质上也有些疏离。但是，当我看见这幅画时，我有两个吃惊。首先，我为库尔贝多样的、甚至可能连他自己也未必意识到的巨大才华而吃惊；其次，我毫不犹豫地想起在他一百多年之后的巴尔蒂斯。

如果我们把巴尔蒂斯的《猫照镜》《玩牌》《凭窗少女》

《三姐妹》甚至《凯西的梳妆》和库尔贝这张《为死者化妆》摆在一起，就不能不得出一个肯定的结论：使巴尔蒂斯确立风格和审美取向的最重要的资源，来自库尔贝；在绘画的内在精神上与之最能沟通的，是库尔贝。

我以为《为死者化妆》是库尔贝最具现代意识的写实作品，他在此画中对人类精神深处那种似真似幻的悲剧气息的敏锐表现深化了他的写实。不知为什么他忽然扔下这种从形式到内涵都十分高级的创造不管了，而他晚年所热衷的风景以及动物都被他画得难看得要命。

巴尔蒂斯一直坦言他喜欢库尔贝，可我仍然想不到他会这么赤裸裸地将库尔贝的作品“拿来”。从形式到人物动态的特点，乃至那些困惑与警觉兼而有之的面孔，巴尔蒂斯对他们的“拿来”可谓是“活生生”的。在《为死者化妆》里，库尔贝对法国人精神深处某种气质那不事张扬的刻画，他们那有些飘逸的忧愁，有些既在事件当中又游离于现实之外的状态，温和的但却无法消除的别扭……二十世纪的巴尔蒂斯将这一切发挥到极致。他是一个成功的“剽窃者”，他用大师不经意的“下脚料”铸就起自己的辉煌，并使自己成为大师。至此，我在佩服巴尔蒂斯的同时，又有点替库尔贝惋惜：假如他循着《为死者化妆》发展下去，就不会有后来的巴尔蒂斯了，不是吗？然而历史不能假定。

美术史家是否同意我这局外人的品头论足，我并不知道。我的喜悦在于，在阅读和对比这两位大师的时候，我产生了一种类似“侦探”般的欲望。我甚至还想问，为什么当年库尔贝对《为死者化妆》这样的在气质上明显高出他的有些名画的作品，不那么看重甚至不再继续了呢？是他本人的判断有误，还是因为这《为死者化妆》也是他受到过先于他的某人的影响了，越继续那嫌疑就会越大呢？

蜻蜓

一、《伊凡雷帝杀子》（油画，一八八五年）

这幅情节性绘画取材于真实的历史事件：俄国十六世纪的沙皇伊凡雷帝，生性暴戾多疑，一次盛怒之下用权杖打死了冲撞他皇威的亲生儿子。

我第一次看到此画，是在苏联于上世纪五十年代特为中国印制的带有中文繁体字说明的印刷品上。六十年代中期，我读小学一年级时，经常在周末从寄宿学校回家之后翻弄这些属于父亲的国外绘画印刷品。还记得那不是一本画册，而是一些衬以微黄色卡纸的散页。画幅都是十六开大小，被装在一只灰褐色漆布封套里。这些印刷品散页里还有列宾的《伏尔加河纤夫》《不期而至》《蜻蜓》，以及列维坦、布留洛夫等人的作品。但给我印象最深的还是《伊凡雷帝杀子》。画面上老皇帝杀子之后那惊恐、绝望、痛悔和发疯的眼神，他那由于惊吓而深陷的太阳穴，以及濒死的皇子额上和鼻孔里流出的黏稠血浆令我惊骇不已，我感受到一种遥远而又结实的忧伤。皇子那英俊的外貌也曾引起我这个七八岁的孩子朦胧的爱慕，忧伤也就随之更强烈了。那是我第一次看到画面上的血迹，正是这幅画使我对所知不多的人生开始有了最初的隐隐的疑问和不安，当时中国的“文化大革命”尚未开始。我害怕看《伊凡雷帝杀子》，但越是害怕就越是非看不可，仿佛在独自享受一种让人透不过气来的悲哀的快感。

几十年后，二十世纪最后一年的夏天，我在莫斯科的特列季亚科夫画廊见到了《伊凡雷帝杀子》的原作。经验告诉我们绘画印刷品的魅力敌不上原作的十分之一，奇怪的是我站在这幅曾经震撼过我少年之心的巨作面前却没有再次被震撼，我想也许因为在那个相对封闭的年代里，那幅质量并非上乘的印刷品已经给了我太多东西，我主观领受到的甚至超过了客观想要给予的。画家一百多年前描绘出的血迹依然鲜活，成人之后了解了列宾的一些故事，才知道他在画皇子面部的鲜血时，恰巧观察过女儿从秋千上跌下磕破鼻子时的血流状态。而他为了这件创作，还把家里布置成一间皇帝的“寝宫”，并请一名画家和一名作家分别为他做皇帝父子的模特儿。

站在原作前，我只是格外被画面上伊凡雷帝那只紧紧捂住儿子冒血的额头的左手所打动。那手腕的用力和手指紧紧闭拢表现出一种真切无比的、亲子的向回“搂”的动态，那是如此徒劳，因为徒劳，所以更加释放出复杂难言的哀恸。而他那死死揽住皇子腰部的右手，更是青筋毕露，血管暴胀，那一瞬间似用尽了一个父亲而不是一个皇帝的妄想儿子复生的全部悔意和气力。

《伊凡雷帝杀子》的画面在一九一三年被一名持刀观众划破了三刀。同年，已经年老的列宾专程从他的地处芬兰湾的皮纳特庄园亲赴莫斯科为该作进行修补。不能猜测说列宾这个画面破坏了某种人类情操，所以才被那维护人类情操的人破坏了这画面。相反，我认为他这幅画准确表达出了人的情绪在最复杂、最激烈的一刹那，那充满戏剧性而又彻底无助的苍凉。

二、《不期而至》（油画，一八八四年）

选择《不期而至》这幅画不是因为喜欢它，而是因为它给我的欣赏带来过许多障碍。我是在看《伊凡雷帝杀子》的同时看《不期而至》的，这也是一幅情节性绘画。画面告诉我们这是一个相对富裕的家庭的客厅，“不期而至”指的是左边正走进门来的那个男人。背对观众弯腰起身的可能是他的妻子；右侧桌边有两个孩子，男孩是一脸兴奋的好奇和随之而来的身子的上挺；女孩是有点排斥的惶恐以及身体的瑟缩。开门的女仆表情淡漠，说不上是在欢迎。列宾的专门研究者大概会从许多方面论述这幅名作的经典之处，但当时看画的我，一个七八岁的孩子，注意力只在一点上：这个进门的男人是谁？我问我的父亲，父亲说他是一个流放归来的十二月党人。我又问什么是十二月党人，父亲说你太小你不懂。我又问，那你怎么知道他是一个十二月党人呢？父亲说，他念大学时，讲美术史的老师告诉他的。

问题就在这儿了。即使一个成人，若对美术史没有了解，也不会看出那意外归来的人是一个十二月党人。欣赏绘画难道需要有这么多复杂的说明吗？画中男人只有加上十二月党人的标签，才勉强使这幅画具有一些社会批判的意义和历史的深厚之感。反之，这幅画对观众又有什么意义呢？我几乎想说实际上它不产生任何意义。画家在这里想要完成的，似乎应该是交给作家去做的事。

近年来西方一些权威美术出版社始终把列宾排斥在世界顶级艺术家之外，这固然有他们的偏见，却又不无道理。我想一些艺术鉴赏家排斥列宾乃至俄国画派的重要原因，不在于列宾的风格通俗多见，而在于俄国画家们在确立艺术观念时所表现出的忠厚的偏执。俄国的“巡回展览画派”以及他们的前身“彼得堡自由美术家协会”的悲剧在于，他们一开始便把自己牢牢捆绑在批判现实主义这驾战车上，决心直接通过绘画为俄国的现状和前景而呐喊。他们以斯塔索夫以及车尔尼雪夫斯基的唯物主义美学原则指导创作，一方面决心做俄国社会的叛逆者，另一方面他们又不自觉地依附于那个他们企图叛逆的社会，而他们的创作特征又始终显示着他们在受着文学的“羁绊”，这势必会大大削弱视觉艺术自身应该贡献的价值。于是，他们的油画技法再无可挑剔，主题再明确无误，全方位驾驭油画的能力再聪慧过人，十九世纪的俄罗斯被他们印证得再活灵活现，其作品的局限性也正好无奈地寓于这些特征之中。再说他们要做的事，先于他们一百年的戈雅和德拉克洛瓦早已做到了。这就不如列宾的另一位老乡，久居法国的夏加尔。夏加尔的创作意念始终没有离开俄罗斯，乃至他生长过的热土维捷布斯克，那里的房屋、牲畜和人不时在他的梦中、在他的作品里浮现，就连他屋后住过的一位赶车人和赶车人的马也叫他终生难忘。他这样叙述着：“我家的后面住着一位赶大车的人，他和他的马同时在工作。他那匹善良的马勉强地拖着重物，其实是赶大车的人在拖。”夏加尔的发现和对此的反复描写，与列宾对于伏尔加河纤夫的情感是多么相像。可惜，不论我们对《伏尔加河纤夫》有多么偏爱，地球人的大多数对此仍然表现着“不公平”的冷漠。我看见芝加哥艺术博物馆里的观众站在夏加尔为该馆中厅所作的嵌镶窗画跟前，表现出一派热烈的肃穆，而当你问到对列宾的看法时，他们的神情则是轻率的。我站在那几方窗画前想为列宾鸣些不平，一边又再次觉出历史和艺术史就是这样无情。

夏加尔坦率地叙述着问题的症结：“艺术中的一切固然是无意的，但它应该与我们的血液的跳动和生命的存在相应。”“油画中往往隐藏着更多的话语，寂静和疑惑，文字可以表达这一切。这些话语一经说出，就会削弱本质性的东西，把人们引向别的道路。”立体主义和抽象主义对艺术史的介入，和人们对它们的认可，能够证实以上的道理。由于观念和观察世界方式的改变，艺术已不再是一个诸力平衡的世界，它解放的是人们感觉的局限，并且颠覆着人们的文化心理。于是列宾的美与和谐再次受到了无情冲击。越来越多的观众已习惯接纳本不能接纳的凌乱的非美主义，而有些既和谐又符合“道德美”准则的画面，人们反而感到它的淡而无味。当他们通过列宾浮皮潦草地“读懂”了俄国之后，便把这位大师冷落一旁了。而看上去不符合美学准则的夏加尔们、毕加索们，却直捣人们的心灵，使你无法摆脱。

还是回到开始的《不期而至》，尽管从“美术”二字出发，这幅画确有很多地方是有精彩之“术”的，它的严谨的构图“术”，画面人物布局、透视、造型的准确以及对每个人那不深不浅的表情的分寸得当的刻画，都堪称经典。可我还是要说，这种全方位驾驭油画的能力，这种对情节性绘画的完美的完成，一百年前的戈雅他们已经基本做到了呀。我真的不喜欢这件作品，但我仍然尊敬列宾和“巡回画派”。我尊敬他们对技艺的匠心，尊敬他们无邪的劳动付出，尊敬他们选材时所占据的道德优势和对人类社会直截了当的责任感。

近读一位评论家关于列宾的文字，说他与同时期的法国印象派画家莫奈相比，远不如后者声名显赫，颇有些“养在深闺人未识”之憾。其实列宾早已不在“深闺”处，可我对他的认识的确也就是如此了。

三、《托尔斯泰肖像》（油画，一八八七年）

列宾在一八八〇年与托尔斯泰认识，其后两人有着近三十年的交往。在列宾一生的肖像绘画中，对托尔斯泰形象的塑造占据了一大部分，包括油画、水彩、素描、雕塑等，约七十余件。托尔斯泰在犁地；托尔斯泰身穿宽大的偏领亚麻衬衣光着脚站在庄园的深色土地上；托尔斯泰躺在树下读书……这些都让人感到亲切。特别当我在二〇〇〇年造访过托尔斯泰故居——莫斯科附近图拉省的亚斯纳亚·波良纳庄园之后，回头再看列宾的这些创作，似有一种心照不宣的熟稔。那是一个比较贫穷的农业省份，托尔斯泰庄园少有豪华、造作的贵族形式，它的气质更接近散漫、天然，它的马厩、干草屋和苹果园以及托尔斯泰母亲洗澡的湖边小围栏，不时让你感到主人和土地、庄稼、青草、收割……的密切关联。我甚至觉得自己能够找到列宾画面上那棵笼罩着托尔斯泰的老橡树。但是若论第一，我以为还是这幅藏于特列季亚科夫画廊的《托尔斯泰肖像》。这也是列宾所有肖像画里最出色之一。

列宾这幅肖像的成功在于他超越了自己和其他画家一直侧重的托尔斯泰那社会批判的角色，以及他那表面化的农民外形。在这里，观众看到的是一个大智者，一个深切而又超然地注视着人类的作家。他的视像并不十分具体，目光却是集中的，犀利而又高贵。他那饱满的前额，眉间那道被画家有意描绘的竖直的皱纹，以及那部由列宾潇洒刻画出的、好似牵连着他最细微神经的仙样的胡须，使整个的托尔斯泰显得超凡而又质朴，痛苦而又安详。观众被这颗头颅所深深吸引，其余可以略去不记。这也是列宾的成功了：他用笔洗练、简约，不纠缠于不必要的细枝末节，而将全部激情和才华运用在托尔斯泰的面部。他多次说过，“他脸上的每一个细部对我来说都非常珍贵”。

托尔斯泰喜欢列宾所作的肖像吗？不知道。有一件事我一直有点好奇：列宾在自己的画室接待过托尔斯泰，画室里摆着后来被称为列宾经典的宏大场面的巨作《查波罗什人给苏丹王写信》和《库尔斯克省的宗教行列》。托尔斯泰对这两件巨作反应很淡漠，他喜欢的是画室里的另一幅小画《夜校女生》。而后者列宾最终没有画成。我无从知道托尔斯泰怎样看待列宾的绘画，我只愿意做些猜测：托尔斯泰对绘画中的宏大场面是畏惧或者说是不感兴趣的。以他对人生注视的宽广程度，无须再用大场面的绘画去扩大他心灵的宽广了吧，这是一个大作家心灵真正的高傲，也是像他这样一个观众对绘画欣赏的独特的最本质的要求。

四、《薇拉·列宾娜》（油画，一八八四年）和《薇拉·列宾娜》（石版铅笔，一九二六年）

薇拉·列宾娜是列宾的长女，列宾一八八四年为她所画的这幅肖像也曾翻译成《蜻蜓》，我在童年看到的那些印刷品散页里，此画就是被译作《蜻蜓》的。我更喜欢这幅画被叫作《蜻蜓》。看《蜻蜓》使我感到愉悦，高远的宝石般的蓝天，似凌空而坐的小薇拉，她的逆着阳光的脸，遮阳帽投下的阴影和右腮边未被遮住的一小块明亮的阳光。她微眯着眼睛，好像撒娇似的躲避着又享受着太阳、大地、蓝天和空气。她的坐姿被画家安排成悬浮式，观众读画时略微的仰视，更增添了画面上的女孩子那无忧的自在之感。她是可以被叫作“蜻蜓”的，因为肖像本身洋溢着欲飞的诗意。可以想见列宾在画这幅画时的心情，这心情是柔软放松的、明朗欢快的。他爱他的女儿，一生为她画过很多肖像。不幸的是列宾晚年的家庭出现了很多麻烦，婚变、次女的精神病、债务……使列宾不得不放下自己的创作计划，去接受大量的显赫人物的肖像订单，以维持家庭开支。他和长女的关系也十分紧张。人到中年的薇拉不再是那个阳光下天真无忧的可爱孩子，她勤于算计，经常提醒和逼迫列宾在大量习作、速写、画稿上签名并追加日期，然后将它们卖出好价钱。在这里我要举出列宾于一九二六年为长女薇拉所画的石版铅笔素描。画上的薇拉已是一个地道的中年妇女，一个活得并不舒展、有点缩头缩脑的女人。脸是平庸而又紧张的，目光疲惫无神。她和“蜻蜓”相去甚远了，两幅画排列在一起，你会感受到生活的残酷和命运的完全不可知。而列宾的贡献在于他在画中年女儿时的诚实，所以才有了他对她表情的一瞬间那精确、深刻的捕捉，和他的近于无情的坦率描绘。

当照相术普及于人类之后，曾有人断言绘画将很快消亡。列宾的这两幅肖像再次使我坚信摄影和绘画是不可互相替代的。在二十一世纪的今天，也有人不断宣称：由于装置艺术的兴起，架上绘画会很快消亡。可能还会有人戏谑地说，如果你喜欢看兔子，何必要在画上找兔子呢，你可以买只兔子看呀。愈来愈发达的物质文明的确会使买兔子这样的事情变得非常简单，但，愈是在简单的物质生活里的人，愈会有一种精神上的复杂需求吧，就比如他渴望一只艺术里的兔子；就比如他已经站在一棵树下，却还是渴望着看见画面上的一棵树。

我在特列季亚科夫画廊看《蜻蜓》，为了在这画前拍照，特意花六十卢布买了获准拍摄的票。我拍下了和《蜻蜓》在一起的照片，在这时还想起一位我所尊敬的老作家的话："在女孩子们心中，埋藏着人类原始的多种美德。"当我们青春已逝、华年不再，我们若依然能够与我们的美德同行，人类该有着怎样的一份温暖啊。

麦田的守望者

米勒所处的时代距今已有一百五十年。即使有人忘记他的名字，他那著名的代表作《拾穗者》也不会被遗忘。更多的人也许不知道，这位世人皆知的大家终生贫困，并经常食不果腹。当年他一面创作着《拾穗者》，一面在给他的朋友写信谈论如何吃饱肚子：“如何才能赚到房租呢，还有比这更重要的，让孩子们吃饱。”一次政府派人给他送来救济金时，他说：“谢谢，我已经两天没吃东西了。”米勒的第二个妻子十年当中给他生了九个孩子，这使米勒的生活更为窘迫。即使这时的米勒已经不是在小画廊卖裸体女人画的米勒，他也没能摆脱这种困境。但这幅在艺术史上具有永恒意义的《拾穗者》就在此时诞生了，这是一八五七年。次年它便在巴黎的沙龙展和观众首次见面，之后，它没有像米勒的其他名作那样在收藏家手中几经“倒手”,《拾穗者》在沙龙展出后，当即被卢浮宫收藏。

画中的三个妇女正在收割后的麦田里拾麦穗，显然这田地并不属于她们。通过远处的收割场面，我们可以看到那才是这田地的收割者。画面右上方有个骑马的人，他应该是这田地的主人。

在当时的法国乡村，一些贫困的妇女和儿童有到别人田里去拾穗的习俗，这是根据古希伯来人的法律而来。古希伯来人以宗教的教义将它写进经文：你的农场在收获时，不可拒绝拾穗者，应该让贫苦的孤儿寡妇去拾取落穗。主是你的神，他还会让你的田地获得丰收。《拾穗者》呈现出的就是这样一派平和而安详的宗教色彩。

到别人地里去捡拾落穗，这习俗也多见于其他民族。在中国华北平原一带的产棉区，当棉花主雇工摘完棉花之后，拾棉花的妇女和孩子便出现了。那时天气已经十分寒冷，干硬的棉枝划破了他们的双手，而残存在“棉碗儿”里的棉朵也大多是干疼病态的，但那毕竟还是棉花啊。也许一整天你的所得仅仅一小捧，可对于一无所有的穷人，那仍然是一小捧生活的希望。

有专家解释说，画中的三个妇女是三代人，中间那位是母亲，最耐劳苦，腰间大包里的麦穗最多。她的左边是她的婆婆，婆婆的弯腰已显得不太容易。在她右边是她的女儿，女儿的动作最敏捷，右手拾起的麦穗，马上又用左手背到身后。由于年轻，她劳作着还不忘照顾自己的容颜——为了不让烈日晒黑皮肤，她用长头巾把脖颈遮盖起来。我想，这些解释也仅仅是研究者的一种说法。我看三个妇女的年龄差异并没有那么大，而她们的动作和手势是米勒根据构图需要才处理成那样的。米勒安排下的这组画面人物体态，成了后辈画家研究构图的经典。人物朴实而优美的动作，她们背后远处那合理而又有序的铺陈，使作品弥漫着诗情。当我反复凝视护住脖颈的年轻女子那只伸向一枚麦穗的手，盯着她那向前探出的食指时，我几乎悟到大地之神的魅力。读这幅作品，你不能不对劳动充满敬意，这敬意是从米勒对劳动、对农民的敬意而来。

米勒的全部灵感的来源是日常生活中对自然情景的细腻洞察和《圣经》。他这样形容自己：“我有那种如少女般纯洁的主题，天真自然的表现，默默悟出人生不过是不胜负荷的痛苦，并且忍气吞声、不怨尤地肩负起这种人类命运的法则，甚至不求任何补偿与代价。”他还说，“有人说我否定了田园的魅惑，其实我已经在那里发现比魅惑更为壮丽的无限美。耶稣曾经一边看着小花一边说：‘我告诉你们，就连充满了荣华的所罗门王，他的王袍上也装饰有一朵这种小花。’

我在田园里看见蒲公英的反光；在遥远地平线的那一方，看见光耀闪烁的云间的太阳；在广阔的原野里，看见了一边吐白气一边耕耘的马；还有在全是岩石的土地上，听到从早晨就发出的工人喘气的声音；也看见疲惫不堪的男人——这种种景象都充满了壮丽性。批评我的人，也许都有教养而又风趣，然而我却不同意他们的看法，因为我这一生，除了田野，没看见过别的，所以我只能尽量说出我在田野工作时所见到的经验。”

从某种意义上说，米勒的人生纲领就是劳动。他画各种劳动着的男人和女人，砍柴者、播种者、汲水者、喂鸡者、推车者、牧羊者、搅奶油者、梳羊毛者……在他笔下，即使一把歪在草丛里的平凡的锄头也自有它不平凡的风仪。他研究和发现劳动者在劳作中那专注、坦然、单纯的形体瞬间，宁愿为了这种真实无比的形体而放弃被摆出来的为美而美的“美”。他的形体的美与大地融为一体，而他的大地静寂而又充满四通八达向外涌动的力量。他的画面因此释放出沉甸甸的安详之气息，让我们感受古老的日子里所有的朴素与真挚。对有些评论家将《拾穗者》解释成对贫苦的控诉，米勒十分反感，他声言他从未想过在绘画中控诉劳动、反叛劳动。我们观察米勒所有画作中劳动者的表情都是肃穆的，或说他也从不强调脸上的细部。他们没有被强加上笑脸，还有如同二十世纪中期，中国最常见的那些宣传画上的工人、农民在劳作时的那样，因为政治需要，画家让劳动者在劳动时一律都笑着。在有些电影里我们也常见这样的镜头：一个或多个农民站在麦田里笑着，擦着汗，做出自豪和光荣的样子。这其实是对劳动的一种不恭敬，因为人在劳作时需要精神集中，笑着的劳动不是表演就是对劳动的敷衍。

米勒赋予劳动一种古典的庄严，那是人类所必需的生活义务的一部分。而他的可贵不在于为后代画家提供了富有建设性的形式和方法，他的可贵在于他完整、诚实地实现了他的人生信仰、艺术理想、绘画实践以及个人生活态度的和谐统一。他的绘画和他的个人生活不是矛盾体，如我在开始时所说，他在创作《拾穗者》的时候，还处在连自己的孩子也喂不饱的困境，但他并没有因此放弃对劳动者的表现转而向讨好的卖得好的题材谄媚，他接受着并在绘画中融化着他的痛苦。在生活的痛苦和创作过程的痛苦中，他找到了严肃的宗教的喜悦心情。他笔下那些劳动着的人是以痛苦为自然的，因为它内含着道德，所以是善；而因为是善，所以才是美的。这是米勒一生的信仰，决非他居高临下的一时冲动。

《拾穗者》的缺陷也是明显的，即是色彩的暗淡无力。麦收时节的太阳本是跳跃、明亮的，但在米勒笔下好比有一层灰雾。也许这和他患过眼疾有关，他不重视色彩，他的注意力在别处。这让我感到，完美的艺术家是不存在的，完美距离我们和我们的前人一直是那样遥远，它的神秘魅力也就在于此了。

但是没有人能否认米勒确是一位大地的画家。他一生只有很短的一段时间进过某家私人绘画学校，正像当时有个批评家所说的，他可能确实不适宜用学院里的方式学习绘画，因为他知道的太多，不知道的也太多。

米勒生长于法国诺曼底。他的少年时期，有个黄昏，父亲站在田野里，当看见辉煌的夕阳时，竟情不自禁地脱帽向夕阳致敬，并对米勒说："这就是你心中的神啊！"我猜想，向夕阳脱帽致敬的父亲的形象一定震撼过米勒的心，也一定是《晚钟》的最深远的灵感来源。

《晚钟》尚未完成的时候，米勒就自信这将是一幅杰作。他狠了狠心，希望能卖出两千法郎，虽然这在当时是个很可怜的要价。后来在沙龙展出时，一个比利时人以七十二英镑买下，这个价位大大低于米勒的期望值。《晚钟》到了比利时曾几易其主，价钱升至三万法郎。普法战争时，《晚钟》从比利时辗转到英国，在英国几易其主，又被法国人史克利达买回法国，这时价格已升至一万二千英镑。后来美国的石油大王洛克菲勒注意到了《晚钟》，与当时的画主史克利达商量，想以两万英镑购得，史克利达家族却希望能以公开拍卖的方式将这幅画卖出。拍卖会在巴黎如期举行，吸引了世界许多大收藏家和博物馆。当喊价升至四十五万一千法郎时，只剩下法国的官方代表和一个美国人。法国人是决心要让这幅画留在本土的，美国人也决心把这幅画带走。于是一场白热战展开了，此时，《晚钟》已由四十五万法郎升至五十万法郎。法国人和美国人一千法郎一千法郎地竞争着，最后法国人喊到五十万六千法郎时，美国人踌躇了。《晚钟》归属于法国，当场就有人激动地高呼："法国万岁！"但是法国政府却拿不出钱来让这画属于法国，它还是被美国人带走了。

《晚钟》在美国巡回展出半年，引起了轰动，最终才被一个名叫乔治的法国人以三万两千英镑（约八十万七千法郎）买到手。乔治把它带回法国并捐赠给卢浮宫。至此，《晚钟》终于回到了米勒的祖国。

米勒在生前只知道《晚钟》是杰作，他不知道围绕着《晚钟》会有这样一场著名的拍卖会。巴黎的那次拍卖会，是米勒逝世十四年后的事了。

落日的余晖正洒向大地，在远离村庄的旷野上，一对夫妻正在刨土豆。男人掘起了脚下的黑土，女人把滚出的土豆捡进脚下的篮子。她身后一辆独轮小车上，安放着几只装满土豆的麻袋。这时远处教堂响起晚祷的钟声，钟声漫过宁静的田野，传到这对农民夫妇的耳中。他们立即停下手中的活计，男人脱下帽子，女人双手合拢握在胸前。呈现在我们面前的是一片虔敬安详的被圣化了的宗教氛围。

米勒对最早见到这幅画的朋友说：“这是晚祷的钟声。”他又说：“你真的可以听到这钟声。”人们怎样才能在远离教堂的地方倾听这钟声，并让身随之而静，让心随之而祈祷？在这对夫妻身上我们真正看到了纯洁的神的力量。他们的倾听不是用了耳朵，他们是用了魂灵在听。尽管他们的衣装不够整齐，那男人的稍显“吊脚”的裤子甚至让他看上去有些寒酸。但是你一定更加注意他那脚尖略微向里的站姿，那是朴拙中的庄严，传达出的是人类最古典的对生命的敬意。那里不掺杂戏剧性的表演成分，也没有夸张的对上帝的热烈表达。需要一提的是，米勒在对这两个农民形体的精心刻画上体现出他终生厌恶戏剧的倾向。他说他受不了舞台上那些夸张了的声音和语言，受不了常奔来跑去的作态。米勒的这个倾向无疑有着他的偏见，但想到他一生的信仰与实践，至少这合于他的情理。

又想起巴黎的那次拍卖会，米勒若有所知，他对《晚钟》最后的价钱一定意外而又吃惊，但他是否也会有不解的茫然呢？《晚钟》的宝贵在于它唤起现代人类对土地、生命和朴素情感的赞美，对获得心灵安宁的诚恳追寻。但是为了这种赞美和追寻，人类又不得不采用拍卖会这种戏剧色彩和表演色彩都有的形式。

艺术的价值从来就不是金钱能够衡量的，可是没有足够的金钱，这世界上的大多数人能否知道米勒的《晚钟》和《晚钟》给予我们的所有神性的情操呢？

莫奈的颜色怎么了

莫奈是我很早听说过的艺术家之一。我在一些文字里提到少年时读书和听音乐什么的，但很少提及我对画家的“接触”。这里我所谓的接触，是翻看残存在我家中的他们的印刷品，或听父亲和他的朋友们的闲聊。在他们谈论的画家中，有一位便是莫奈，而他们谈得最多的是他绘画的颜色。当时我对此并不在意，莫奈的颜色远不如那些情节性绘画对我的吸引力大。

成年后我问父亲：“你能不能用最简单明了的话告诉我，莫奈的颜色怎么了？为什么成为你们常谈不衰的话题？”父亲说：“这样说吧，莫奈发现颜色的规律，就像巴斯德发现微生物的存在一样重要。在此之前，颜色和微生物都是人类看不到和不在意的东西。微生物的被发现，使人类找到了自身与微生物的矛盾和统一的关系，使人自身和自然界的关系明晰起来。颜色的被发现，同样也使自然界明晰起来，因此画家们的画亮了。在此之前，人们对颜色的认识是理性的，认为草永远是绿的，天永远是蓝的，土永远是黄的。莫奈通过自己的眼睛观察后告诉人们，这不对，随着光线的变化，随着客观条件的变化，世间万物的颜色也在不停地变化。为此，莫奈以他超常的眼睛做了大量的观察和摹写，又使看似纷杂的颜色有条理了起来，从而找到了颜色之间互相依存和互相对比的关系，艺术家把它叫作‘颜色关系’。”

莫奈观察和摹写最多的主题是草和水。当四十岁开外的莫奈移居吉维尼村之后，他对颜色研究的成熟阶段开始了。吉维尼位于法国南部平原，那里有一望无际的麦田，麦收过后堆起的麦秸垛，一年四季矗立在田野上，莫奈对此发生了浓厚的兴趣。于是他运用他的颜色理论开始了对麦秸垛的不倦描绘：一年四季从冬到夏，一天之间从早到晚，直至他什么也看不见。他跟着季节走，跟着阳光走，画出了难以计数的麦秸垛系列。对麦秸垛的连续描写，使莫奈的艺术呈现出一片灿烂和辉煌。好像是美国人首先发现他的这批“宝贝”的，波士顿人、芝加哥人差不多“买断”了他这一时期的作品。

我第一次看见《麦秸垛》的原作就是在芝加哥艺术中

心。在它的法国印象派馆里，莫奈的草垛占据了整整一面展壁，大约有五六幅吧（据说还有馆藏未展的）。只有这时，当我站在莫奈的《麦秸垛》原作跟前时，我好像才彻底弄懂了莫奈所发现的颜色的真正意义。那时我并不觉得自己是在读画，我是通过这些孤寂的草垛和吉维尼的土地，在尽情地呼吸，呼吸吉维尼，呼吸上帝赐予人类的空气和阳光。这种神秘的感觉是从来没有过的，原来颜色也可以和人类发生这样具体的交流，这时的颜色如同交响乐里的音符一样奇妙。面对其他一些大家，你可以为他们过人的才华而震惊，你可以为他们造型手段的高超而叹服，你也可以为他们设置主题的角度大感出其不意，面对他们的绘画，你唯独不会想要多做的是几次深呼吸。就在这时你也会突然觉得，那些草垛已经不是草垛，在晨雾中，在晚霞里，它们正做着幻化，这幻化最终调动起你无限亲近大自然的情致。虽然，那不过就是几堆被莫奈反复描绘过无数遍的草。

我写中篇小说《麦秸垛》时，刚刚见过了莫奈《麦秸垛》的原作。冀中平原上的农民堆积麦秸垛的方式和法国人略有不同。但我闻过麦秸垛的气味，我也从早到晚目睹过太阳、风雨对麦秸垛的照耀和吹拂。我围绕麦秸垛编织的故事是麦秸和人之间那悲喜交加的关系，那关乎生计的，关乎爱和死的难解难分的纠缠。当我想到莫奈的麦秸垛时，也许我曾经希望用文字、用我的叙述让读者在我的《麦秸垛》跟前也多做几次深呼吸，但我发现我没有这种能力。这是因为我没有研究过阳光照耀下的麦秸垛那颜色的奥妙吗？

我不能不感叹在作家笔下无法发生的事，在好的画家笔下，什么都有可能发生。

后来父亲从法国回来，我问他巴黎的奥赛博物馆内，一定有莫奈更多的《麦秸垛》吧？父亲说，不多，大概不如美国多。据说法国人至今一直对此抱有难以言说的遗憾之情。

包厢

一八七四年，莫奈、毕沙罗等人在巴黎贾普圣街的照相馆举行第一次展览时，其中就有雷诺阿。在那个展览中，因为莫奈的《日出印象》，这群画家被冠以“印象派”之名。但人们对雷诺阿到底该不该属于印象派，还有过争论。当时的雷诺阿和印象派几位画家关系都不错，尤其是和莫奈，他们常常并肩在户外写生。可是雷诺阿不赞成莫奈关于颜色运用的一些主张，他认为过分强调颜色的规律性，对自己也是一种束缚。比如莫奈拒绝用黑色，而雷诺阿总是固执地把黑色挤在调色板上，他认为黑色制造出的效果是任何一种颜色都达不到的。尽管雷诺阿的艺术观点与莫奈、毕沙罗有不同之处，最终人们却觉得，雷诺阿早期那些成功的作品还是不折不扣地属于印象派。比如一八七四年所作的《包厢》，这幅让雷诺阿成名的作品参加了第一届印象派画展，观众称它是一件伟大的作品。

《包厢》画了两位在剧院包厢看戏的观众，一望而知他们来自巴黎的上流社会。雷诺阿成功刻画了这对男女在那个时刻各自的神态和心情。画面上的夫人端庄高贵，年轻貌美，她那稍微前倾的身体和富有魅力的眼睛流露出企盼的神情，企盼中又带有几丝失落。是剧中的情节打动了她呢，还是她观察到这剧场之外的一个什么细节？她身后的男士——丈夫吧，正手持望远镜专注地看一个地方，那个被他注意看的地方显然不是舞台，而是对面一个包厢，那里有比舞台上发生的剧情更叫他着迷的事或人。也许我们由此能够找到夫人此刻表情的答案，夫人那几分美丽的失落可能正是身后这先生的表现所致。这恰是巴黎上流社会的一个精妙的侧面写照：华贵中笼罩着虚伪，热闹里也总带出一点空虚和“没意思”。这也是印象派画家习惯描写的题材。

在这幅画里，雷诺阿就成功地运用了黑色，连他自己也说，这幅画我画得并不印象。雷诺阿所说的“不印象”，除了颜色，还有它并不是来自户外，它是画家在画室里关着门“捏造”出来的。画中的女模特儿叫妮妮，男模特为雷诺阿的弟弟艾德蒙。妮妮非常符合雷诺阿选模特的标准——偏小的胸脯，臀部却硕大。在以后的日子里，曾经又有几位具有这种特点的女性为雷诺阿做模特儿，其中也包括后来成为他夫人的爱丽。

雷诺阿四十岁时与年轻的爱丽结婚。爱丽是个裁缝，她曾穿上自制的时髦衣裙为雷诺阿做了《船上的午宴》《夏托的划船手》中的模特儿。在这些画里，爱丽总是穿着时髦，风情万种。雷诺阿与她生活和谐，家庭幸福。他乐意听她的见解，她便不断用自己的艺术见解影响雷诺阿。比方她主张画家应该把女人的身体画得像“透明的水果”。可能就是这种“女人参政”的缘故，在雷诺阿以后的大量裸体画中，我们看到的尽是他“水果”般的追求。画上的女性个个丰满、光润、妩媚，多少都带出些供人玩味的特征。这种倾向比较典型地体现在一幅名叫《帕里斯的裁判》的画中，把它同前边讲到的《包厢》相比，仿佛不是出自同一位画家之手。雷诺阿风格的变异，评论家似乎没有更多想到爱丽的作用，我却愿意这样想一想。我不喜欢雷诺阿后来的那些裸体画，并非是因为其中的格调有“女人参政”的痕迹，历史上平凡女性把本来伟大的丈夫变得更加伟大的事例是很多的，比如陀思妥耶夫斯基的夫人安娜对其丈夫从精神到事业的巨大支持。遗憾的是爱丽的趣味是腻俗的，致使雷诺阿那些本来丰美健康的人体也蒙上了一层腻俗的色彩。如果说《包厢》是伟大的，那么面对类似《帕里斯的裁判》这类的裸体画，人们只能说它们还是可以看的，因为那是雷诺阿画出的。

为《帕里斯的裁判》做模特儿的不再是爱丽，而是雷诺阿的女佣卡波尼尔，她是晚年的雷诺阿最喜欢的模特儿之一。雷诺阿说，他喜欢她的小胸脯、大屁股身材以及会“反光”的皮肤，更喜欢她能轻松、自然地在任何时候摆出任何姿势。雷诺阿的另一位模特儿蒂蒂也具备这个特点，后来做了雷诺阿的儿媳，伴他度过了疾病缠身的寂寞晚年。如果我们不做仔细分析，会以为雷诺阿一生创作中的小胸脯、小腰身、臀部丰硕的女人们是同一位模特儿。

有一个细节我还想在这里提及：油画家最怕的一件事就是每次画画之后洗画笔。雷诺阿的模特儿们还兼有为他洗画笔的职责，其中的蒂蒂洗得最干净，让雷诺阿深感愉快。我觉得那个时代画家与模特儿的关系还是有着一种不可再现的人间温情，尽管他们根本上是雇佣关系。在当今，有哪位雇来的模特儿被画完后还管给你洗画笔呢——就算你要付给她（他）钱。我父亲作为一个油画家，恐怕经常体会洗笔的麻烦。因为画完一天之后体力消耗太大，太累了，据说他有时候就偷懒将一大把笔泡在松节油里，能让画笔不被颜料凝固住就算了。当然，这毕竟是一时的“应急”。

奥地利天才

本书所选的画家中，埃贡·席勒是最短寿的一位。这位奥地利天才生于十九世纪末的一八九〇年，一九一八年二十八岁即因西班牙流感而去世。我在关于他的老师克利姆特的文字里谈到，埃贡·席勒在所有方面都超过了他的老师，特别当我们注意到他的生命只有二十八年的时候。我对这种短暂而又耀眼的才华的戛然而止更是抱有深深的惋惜。

席勒的画使人的眼睛和精神总是处于高度紧张状态，他笔下的男人、女人甚至孩子大多呈现一种不舒服的、别扭的姿势，神经质里混杂着无以言说的欲望，颓废中又藏着一些对世人的反抗。他结实的素描基本功使他能够自由、生动、随心所欲地用线来表现他的人物，似乎从一开始他就有本领以独一无二的形式在作品中鲜明阐述他的艺术主张。看一看这幅《穿衬裙的女人》，席勒笔下的女性多是像这个女人那样瘦骨嶙峋缺乏肉感，画家完全放弃了表面的美和舒服，或者说常态的“顺眼”。无论面向还是背对观众，这些女人都是带着扭曲体态的，决不在乎别人看见她的“丑态”。她们似乎以这丑的形态来挑衅观众，挑战当时既定的社会道德，自我嘲讽着，释放内心无处搁置的某些渴望。画面上这个女人那放在左肩上的右手，那被控制住了的抓挠感，让人心生压抑和焦虑。席勒那过人的敏感和精微，还使他在注视描写对象时，完全舍弃了虚浮的皮肉，直奔对人的骨骼甚至“骨髓”的冷酷描写，即便呈现的是一具具骷髅他也在所不惜。当我们面对这样的画面时，心惊肉跳而又毛骨悚然，因为这虽是谁也不想承认的人的瞬间，遗憾的是活着的人都有这样的瞬间。席勒用人的筋骨构成的带有几何意味的形体，让我们窥见了在现代社会的压力下，一个个肉体的精神核心里那些莫可名状的不愉快。

《圣家族》中席勒对男人、女人和婴儿的手的刻画，那些有意拉长了的贯穿着痉挛感的手指，代替内心表述着一些类似绝望的热情。画面构图明显受到克利姆特的影响，但是席勒剔除了克利姆特稍显矫饰的浮华，他赋予自己的作品更多内在，因而也更加逼近现代人精神深处的资质。

就在席勒的艺术事业开始惹人注意时，第一次世界大战爆发了。他曾有过服兵役的历史，一度还被分配看管俄国战俘。我特别想提一下的是，当席勒的艺术尚未被更多的人所认识的时候，他在军队的一个长官却极为赏识他的作品，这长官还特为他在部队开了一间艺术工作室。

不幸的是，席勒没有死在战争和军队里，却死在西班牙流行性感冒的袭击里。但是，我忽然很想不恭敬地问一声，像席勒这样的艺术家能够长寿吗？他的传记作家阿瑟·罗斯尔这样写道："与席勒一见面就会感到这个人各方面都有一种特殊性格，是如此古怪。事实上，在这种性格面前并不是每个人都能感到舒服的，甚至他本人有时也会感到不快。仿佛席勒是来自一个不可知大陆的怪人，如同从冥府回来的人，带着一项神秘的使命来到人间，脸上充满了令人讨厌的严肃感，痛苦和恐惧，完全不知道谁来解救他……"看席勒的画作，他的确总给我一种巨大才华的超限量燃烧的感觉。他的不幸在于他这"燃烧"过于猛烈；他的幸运在于他只用了如此短暂的时光便成就了无数艺术家终生梦想的辉煌。

我与乡村

我在俄罗斯参观美术馆、博物馆，刻意寻找夏加尔，一些很有权威的美术馆往往没有夏加尔的痕迹。有的只在一个不显眼的角落，或许才会出现一点蛛丝马迹。种种迹象表明，夏加尔在俄罗斯至今没有和列宾、苏里科夫平起平坐，虽然历史早已给夏加尔所遭受的那些不公正待遇平了反，地球人也早就给夏加尔做了定位：他无疑应属于那些百年不遇的大师级。

苏维埃时期的夏加尔，并没有想与当局闹对立，他曾经试图像“巡回展览派”那些画家一样，去为那个政权做些什么。他在家乡开办美术学校，在莫斯科为犹太人的剧院做舞台设计，可是他的作品不仅没有被认同，竟还让一个名叫福西契夫的美术局长幽禁起来达四十年之久。直到二十世纪七十年代，法国文化部长马柔访问苏联，企图翻翻夏加尔的老作品，仍然遭到当时的文化部长福尔采娃的拒绝。

但作为俄国犹太人的夏加尔，并没有因祖国对他的冷落而冷落祖国，而失去对祖国的怀念，在他后来那千变万化的绘画形式中，始终弥漫着俄罗斯的气氛：飞着的人，在空中沉思的牛和羊，倾斜的房屋，难分难舍的情侣……都联系着他的祖国，还有生育他的那个维捷布斯克省的小镇。他和他的恋人蓓拉也常常作为画中的主角融入其中，作于一九一七年的《散步》便是他终生所描绘的关于他和蓓拉主题的重要的一幅。那时俄国正爆发着十月革命，但画家那诗样的血液依然在体内奔流。夏加尔把妻子和恋人高举在空中，而蓓拉就像飘摇在大气中的一只风筝。夏加尔的脚下是俄罗斯大地，身后是养育他的那个维捷布斯克的小镇。若从意识形态分析，很难说清这件作品的倾向。可以把它解释成为苏维埃政权而欢呼，也可以说它正宣布着作者决心要远离那个政权，在画家的血液里流淌的只是“爱”。

《散步》在画风上还没有形成典型的夏加尔风格，它正明显地受着立体主义的影响。但由此可以看出，夏加尔的艺术主张已经形成。他说有时候他觉得倒过来的人反而比“正”着的人更真实。“倒过来的桌子椅子给我以宁静满足的感觉。倒过来的人会给我以乐趣。”他说。于是倒过来的“宁静”和

“乐趣”就成了夏加尔终生的追求。

上述论点属于夏加尔艺术化了的创作谈吧，这种创作谈富有文学性，而且体面，很多文学艺术家在成功之后谈创作的时候，会或多或少采用这种方式。不过，既然艺术创造是一种极为个性化的复杂过程，我就深信它内中的神秘根由反而不一定是那么艺术化的，也许触发一个大师找到绝对有别于他人的“资本”的，其实是他的某种短暂的与艺术无关的经历。比如德国先锋派画家博伊斯，他一生喜欢用毛毡和油脂这样的材料制造作品，并非这两样东西本身的艺术含量有多高。二战期间他有一次在丛林中受伤，是鞑靼人救了他，给他裹上毛毡，并在他身体上涂满油脂，他的生命是靠了这两样才复归于世的，他的毛毡和油脂情结就随他走了一生。考证夏加尔，你会知道在他年少的时候，做过镇上一个画招牌的师傅的助手。酒店的招牌，肉铺的招牌，咖啡馆的招牌……招牌都是悬空而挂的，那酒、那肉、那咖啡杯等物质便都飘在空中；招牌是要醒目的，而悬空正是为了醒目，一如中国古代那些商家的“幌子”。一把茶壶如果高悬在一个家庭房间的空中，它就是怪异的不合常规的；一把茶壶如果高悬在茶馆的门上，它就是可靠而又妥帖的。有谁设想过让茶壶、花束、牛羊和人高悬在空中却又那么妥帖、舒服呢？写、画招牌不能说是高级艺术，或说不属于艺术中的高级，在今天它可能归于实用广告艺术。但谁能否认夏加尔没有从世俗化的招牌那里获得过不凡的灵感呢？并不是每一个画过招牌的人都能如夏加尔一般，但夏加尔有神奇的力量如此这般，他就是大师了。

大师也常常是有虚荣心的，他们会下意识地隐去那于他们来说其实是最富人生滋味的一幕，让后来的研究者总是摸不着头脑。

至今没有人给夏加尔这“倒过来”的画风冠以什么主义，仅是他画中那鲜明而又单纯的抒情、诗韵和爱，就足以使他在整个世界占有一席之地了。这一席之地里很难说没有“招牌”的一点小小的隐蔽的功劳。

就像夏加尔画他自己与妻子蓓拉的主题一样，他一生也画过许多以牛为主题的作品。夏加尔与牛有着千丝万缕的感情。

养育过夏加尔的维捷布斯克的小镇有四万居民，他们以耕作、腌咸鱼和屠宰牛羊维系着小镇生活的运转。夏加尔从小就天天目睹牛、羊的被屠宰，他在自传里写道：“在祖父的牛棚里，有一头大肚子牝牛，瞪着眼睛站着不动。祖父对它说：‘噢，好吧，伸出脚来，要绑你了，我要卖你的肉了。’牝牛叹了口气，倒了下来。我伸出我的手抱住牛的脸说：‘放心吧，我不吃你的肉。’唉，除了这句话，我还能讲些什么呢。”

后来夏加尔又叙述过变成屠夫的祖父是怎样将刀子插进牛的喉咙，大量的血喷出，一些不谙世事的鸡、狗是怎样等待着去争抢一块可能飞溅过来的碎肉。然后是动物的叫声，祖父的叹息声……每天都有两三头牛被杀，新鲜的肉供应地主和居民。

牛在夏加尔的镇上的命运，种下了他一生以牛为绘画题材的种子。在这里牛之于人永远是弱者，牛是伏首听命者。

在《我与乡村》里，夏加尔本人正和牛面对面地讲话。牛好像面对知己一样与夏加尔倾心而谈，虽然它头上已是斑斑血迹，可能这就是夏加尔祖父割下的那个小牛头吧。牛是无助的，可牛仍然是这个乡镇的主宰者，夏加尔就像一位公平的见证人。我听见他手持花束对牛说，一切我都目睹过，你对乡村的意义和你的被杀。我还知道有了你的乳汁你的肉，才有了这镇上的一切，人们的劳动和欢娱。

夏加尔渴望牛也得到欢娱吧，对牛的命运他总是不甘心的吧，于是才有了《舞》这幅水彩画。牛为什么只能被人们喝奶吃肉呢，牛也会成为一个舞者、一个提琴手。于是幻想和诗化的意境便成了牛的另一个主题。在这里牛不再是任人宰割者，而是一位可以主宰自己命运的歌者。有评论家据此把夏加尔称为超现实主义画家，夏加尔对此不以为然。他只说：“诗是人生的一种精神状态。上帝把诗意经由父母赋予你……如果你是莫扎特，那它就是音乐；如果你是莎士比亚，那它就是诗剧。”如此，夏加尔笔下的牛便是这大地上最富神性和暖意的生灵了。

牛在夏加尔绘画中的演变，便是诗样的血液在夏加尔身上奔流的结果。诗样的思维诞生了牛的不断升华。

在这时我想起中国一个名叫石舒清的生活在宁夏的作家，他的一篇名叫《清水里的刀子》的短篇小说，有着和夏加尔精神相近的地方，那是牛和人之间不可言说的小事，却惊心动魄。

隐匿的大师

读霍珀的画，总给人一种揪心的寂寞之感。他好像一辈子都游走在或说停顿在孤立的住宅、便宜的过夜小旅馆、清冷的夜间咖啡店和刻板的小镇办公室中间。他有意选择这个单调而又传统、乏味而又拘谨的画题，自上世纪二十年代至六十年代，从没有放弃过。

《科德角式小屋的早晨》里有早晨夺目的阳光，有阳光下金色的麦田，有和阳光形成强烈对比的树林的整块阴影，有同样被画家画得十分概括的、亮得刺眼的一幢房子上突起的“科德角”。“科德角”窗内一个女人双手拄着桌子，正迎着阳光探身看着窗外。女人的表情是不确定的，很难说她真的看见了什么或者说她打算看见什么。她的动态便也显得不是那么刻意，动作和内心之间好像存有一段空白，女人一定也无法解释自己这瞬间的“下意识”举动。

霍珀的惊人之处在于他让我们看到了画中人物心理和行为之间的那段空白，他利用对光的敏感给画面营造出一种空旷的寂寥之气，那实际上也就是人的空旷和寂寥。这科德角式的小屋是大房子的一部分，眺望窗外的女人仿佛是被挤压到这个角落，又似乎这个角落是她情愿的选择。一方面，虽然霍珀只描绘了房子的一角，你仍然能够觉出这房子和周围景致的孤单关系。另一方面，占据画面一半的树林和麦田，又分明对房子和女人产生着那么一种稍显压抑的围困感。于是，你在霍珀的画面上最终感受到的绝不是传统的“旭日东升”，而是夺目阳光下的一种无法排遣的清冷。

霍珀在如此简单的题材和画面里，精确捕捉并以他独有的大画积光与阴影的突兀而又讲究的对比形式，直接表现了处于现代文明状态下的人文心理景观，他展示于观众的人与自己、人与生存环境、人与城市之间那种疏离和冷漠的心理荒原。七十年代超写实主义的有些作品里，比方主题为大楼玻璃和无人街道的景象等等，一定都在受着霍珀的影响。

摩登原始人

怀斯出生的一九一七年，正是德加去世的年份。我并不是想以此说明这两位画家有着哪一方面的关联，他们没有。事实上，作为美国画家的怀斯，对欧洲艺术一直持有一种大可不必的轻视。我举出这样一个年份，只是因为刚刚写完德加，他的离世和怀斯的出生让我自然而然地想到世纪的更替。

如果一定要找出这两位画家的相似之处，恐怕只有他们那终生躲避热闹的孤僻性格和独处的生活态度了。有所不同的是，德加出身于法国上流社会，父亲是银行家。他生活优裕，学校教育完备，自幼浸润于巴黎那个号称世界艺术中心的圈子。怀斯出生于美国东部一个名叫查兹福德的小镇，因病只念过两个星期小学。他所受的教育全部是热爱艺术的父母给予的，身为插图画家的父亲还指导了他最初的绘画。怀斯一生大约从未远离家乡，他甚至觉得根本不需要出门旅行。如果德加的孤僻是“见多识广”后的固守，怀斯的孤僻则有点像是“有先见之明”后的“退缩”了。

上世纪中期，美国艺坛所热衷的是以“纽约派”为代表的色彩强烈的抽象表现派绘画，多数画家和艺术批评家都认为只有抽象的观念才能表达出一切。而怀斯却执着地埋头描绘他那写实的、异常精微的充满乡土气味的故乡风景和肖像。也许是幼年的远离学校使他格外留意琐碎而又温暖的家庭生活，也许他早就打定主意用自己的实践创造出纯粹美国气质的艺术，来对抗当时铺天盖地的欧洲诸流派。他笔下那些入画的东西在常人看来可能是不好看的：农人厨房旧而暗的一角；墙上一件磨损得厉害的工作外套；苹果树下覆盖着秋霜的几只苹果；荒原上的一辆垃圾车；老房子里一方溢满水的石头水池；甚至木炉子，打盹儿的狗，以及院墙跟前一只孤零零的铁皮水桶……都是他热心描绘的对象。他多次说过，画家必须表现内心深刻了解的事物。而一些从欧洲回来的人，除了絮絮叨叨他们在国外的见闻，拿不出任何属于自己的东西。怀斯有点尖刻了，但是谁知道呢，当我一遍遍欣赏他的这些和农事有关的器具，欣赏他笔下那些不事雕琢的肖像后，我对怀斯心生敬意。而他的作品终于在现代的美国“红”起来，一方面是由于美国人对拓荒时代先民生活的追忆与幻想，对与大自然为伍的遥远渴望在怀斯这里找到了最具亲和力的寄托；更为重要的是，怀斯作品中写实的背后那沉着而又深厚的隐喻色彩，使他跳出了一般乡土画家的层次，使他有资格代表当代美国艺术的最高成就，也成为世界美术史中不可忽略的一笔。

本文所选的《恋人》和《牧场之路》看上去以人为主，怀斯所选的模特儿是同一个人，这个名叫赫佳的模特儿被怀斯画过很多年。在怀斯的作品中，“赫佳系列”是占比重较大的。我想起怀斯说过，他选择模特儿大都挑选和他差不多的没有出过远门的人，这样的人身上保留的那种远离喧嚣的纯净和质朴让他着迷，让他看到生命深处的意义。《恋人》的内涵远比爱情所包容的要宽广，它更像是一幅人体大风景。画中少女那踏实而又稍显活泼的坐姿，她的随意编结的有点幼稚的发辫，她的干净、结实、茁壮的身体，让人体味到一种温暖而可靠的尊严的肉感，一种生命的喜悦。窗外清亮的阳光和原野的风照耀并吹拂着少女的裸体，她似无知觉地坦然领受。她放松而又自在，却在这间幽暗的朴素房间里焕发着莫可名状的由泥土而生的神情。怀斯的经验的确是狭窄的，然而他的趣味如此高尚。当我们注意他处理少女的头发和阴部的时候，我们就能悟出大家与低俗画匠的根本区别，就能悟出怀斯的不凡。在《牧场之路》里，占据整个画面的是少女的后脑勺，怀斯仍然精心刻画了少女的发辫，她的柔韧的脖颈以及纷飞在脖颈上的麦秸一样金黄的碎发。犹如一只突然拉近的放大镜头，少女的头颅在猛地贴近我们的同时，她本人也和眼前宽广无垠的土地融合在了一起。怀斯就是这样怀着极端个人主义的“野心”开垦着自己的宇宙，那少女的后脑勺是如此强大如此充满神奇的魅力，那就是怀斯灵魂中的家园，那就是他最终的诗一样含蓄、肃穆而又迷人的心灵牧场。至此，我开始理解为什么怀斯坚持把自己称为“抽象画家”，对怀斯而言，抽象的意义并不结束在其本身，怀斯可以从自然界的正面吸取到让人难以捉摸的不规则的事物的精髓，在构成时注入独属于个人的心理内涵。

《克丽斯蒂娜的世界》是怀斯早年最负盛名的作品之一，在这里，怀斯式的主题、怀斯式的形式感以及他的哲学意味得到突出展现。画中的残疾人克丽斯蒂娜是怀斯邻居家的女儿，她遥望着地平线之外的房子，正吃力地爬行，那里应该是她的家。她的动态似是拒绝怜悯，却又渴望温情。这个画面曾经打动了无数美国人，并使克丽斯蒂娜成为美国艺术史上最著名的模特儿之一。但我并不是太喜欢这幅名作，它看上去不是那么自然，虽说弥漫着一种带有孤寂感的同情，却在同时显现出几分不自然的生硬。这是一个非常态的瞬间，而怀斯所具有的才华使他本可以无须设计这种“人的非常态”。相反，他为克丽斯蒂娜所画的很多肖像倒是极其质朴、丰满。仅就这点而言，怀斯所敬佩的他的前辈画家霍珀，比怀斯更显“笨拙”却更为深刻。

到底，怀斯靠了对大自然、对平凡的美国人“猎狗”一样超常敏锐的嗅觉和感应，靠了他少见的绘画天才，创造出纯粹美国风格的且是不浅陋、不潦草的艺术，这的确是人类的一个奇迹，却不能说是艺术的必然。我固执地认为，怀斯的经验只适用于他“这一个”，他对欧洲艺术那为了对抗的轻蔑，说到底还是一种朴素的偏见。这种轻蔑本身不是他成功的必然。他曾被美国媒体冠以“摩登原始人”或者说是“原始摩登人”。我想说，他的成功真正是一个“另类”的成功，当然，这样的“另类”也许一百年之后才会再出现。

艺术的确是神秘的，当我认真凝视怀斯一些单纯的画面时，心中会不时涌起充满激情的困惑。

辑四

读世

我要执拗地做诗人

每逢见到 A 叔，他总要提起我曾经写过诗。为了证实我的写诗，进而还要谈起他曾以我的诗为例给学生讲课的事。

“那‘马儿拱着蓝天驾着白云’呀，你们听听，这是啥意境。”A 叔是东北人，很高的嗓门里带着浓重的乡音。他是摄影家，他面前的学生当是摄影青年吧。我不知有没有人按照我的诗去进行摄影创作，试想着那该是一张怎样的照片。假若再想下去，便觉得自己对不起他们了，像是我为他们的前途早早设下了陷阱。我无地自容地岔开话题。

然而我确是写过诗的，厚厚一大本，总有五六十首吧。那时我是知青，在河北一个有平原、有沙丘、有“诗兴”的地方插队。

对于我那本诗，除了 A 叔外不大有人提起，也不大有人知道。因为当时我捧着它给几位真正的诗人看过后，诗人们都不以为然。他们翻着我的诗，称赞的却是我的小说，那时我已发表过三四篇了吧，我便不再宣传我的写诗。只有对A叔不然，他每次来我家问我有没有新诗问世时，我都把新作读给他听。于是他记住了“马儿拱着蓝天驾着白云”，那是一首描写生产队里摘棉花的诗。

诗没有被诗人们承认，也许这便是我专心于小说的原因之一，否则有一线之路也许我会是个诗人。因为对于诗我不承认我是冷淡的，直到现在我也总是怀着几分敬重和神秘去看待诗人们。同样的文字，总觉着在他们手下变得奇妙得多了。这些奇妙的文字使你把生活看得奇妙了，人生是不应该少一些奇妙的。我愿意和诗人结伴同行，愿意和诗人聊天，那时总觉得自己是个受益者。他们也很看重我对他们的看重，常送诗给我，用诗来祝贺我的生日，用诗来祝福我旅途之平安，生命之蓬勃。诗人们总是相信我能和他们做这种感情交流。只有这时我才又觉得，我是委屈了我那本诗集的，那里面不光有“拱着蓝天”“驾着白云”的“马儿”这些对生活的搪塞，总还是有些真情实感。

我的几本小说集出版后，我不再想到诗了，我写过诗也仿佛一个久远的故事。诗在我眼里变得更神秘莫测了。我常想着，在人的大脑里怎样派生出了诗的思维。和小说做比较，它们像是一股道上的两驾车吧。当我在这驾车上信马由缰地安排着自己去写小说时，那驾奔跑的车上搭载的一定净是些比那马车本身更加奔腾的思绪。我实在没有胆量从这驾车跃上那驾车，也去做我对车、车对我的相互驱赶和追逐。

不久前应一位旅游事业家之邀，我去当今已知名的野三坡旅游区观光。那里本是我的小说《哦，香雪》的诞生地。我描写过的那些沉睡着的大山、那些原始小村如今已成了国家级的旅游风景区；被我假定过的那个“台儿沟”小站，如今竟改名为野三坡了，它已是这个方圆一百多华里的旅游区的中心地带。我愿意做这次旅游，去寻找香雪们的足迹。

我是乘面包车进山的，同车的是几位身份各异、认识和不认识的旅客。由于出发时间的因故推迟，开车时已是黄昏。这意味着我们将要走四五个小时的夜路才能进得山里，那路的一多半是盘旋在太行山的山脊上。

车顶着一弯新月和水晶般的星星走着。在山区我不止一次发现，你上得越高，这些星星点点就变得越大越晶莹，仿佛真能伸手可得。四周望去，却是无底的漆黑，车灯只照亮盘山路边的茅草和路标。这时你会觉得世间最最重要的莫过于这些黑白相间的路标了，谁能越过它一绳呢？有人便从这路标开始聊起天来，说司机这腾云驾雾般的技术已经是飞车走壁了。也有人说这不单是靠技术，开车要会“运气”，开车便是气功——一股气儿。司机像是受了这“一股气儿”的鼓励，一只手把握方向盘，另一只手在黑暗里将一盘录音带插入录音机，韦唯唱起来。人们没有注意到韦唯的存在，还是谈论着气功。有人问，有人答：

“眼下你练什么功？”

“我练减肥气功。”

“别瞎练，还不把人减成个皮口袋。不如练老李那一路功。”

“老李手上能跳小人儿，是真是假？”

“想有就有。我看什么事也一样。”

想有就有，也许就是它提醒了我，使我忽然又想起了诗这个奇妙之物。想有就有，假如这不是对诗的答案，为什么我又想到了诗？我从我的双肩背旅行袋里摸出本子和笔，摸黑在本子上写起来，觉得现在不把我的诗写成文字，明天我一定会一股脑忘掉的，既是想有就有，那么诗的文字就一定是飘浮不定的。我拟得一个总题：

“‘面包’深夜在山谷和山脊上穿行”。

我决心沿这个总题旨作下去。

车正路过一个山腰小村，村边有一湾水，岸边也有一些星星点点在闪烁，是一些碎瓷片吧。那么我的第一首诗便是这有水的地和有星有月的天了：

天上有月亮 / 地上有月亮 / 天上的月亮是月亮 / 地上的月亮是一湾水 / 天上有星星 / 地上有星星 / 天上的星是星 / 地上的星是一只破碗 / 天上有高山 / 地上有高山 / 地上的山是山 / 天上的山是云 / 天上有树 / 地上有树 / 地上的树是树 / 天上的树是思想。

“老冯哪天走的？”

“前天。”

“又说什么了没有？”

“没有。”

“那合同的事呢？”

“让等长途。”

有一段路很平坦，车在路面上轻松地做着飞跃。我构思着另一首诗：

路向车敞开着自己 / 车向路关闭着 / 车说“我心明眼亮” / 路还是不明白。

“听天气预报了没有？”

“没有。不会有变化。”

“但愿如此。光窝工可受不了，咱们窝这儿没什么，人家演员不干。”

我一定没听见这对话，我不可能听见。不然为什么我又有了第三首诗？我看见车灯正横扫着山身那突起的丘、深陷的壑。光和茅草使它们显得苍茫，但雄伟而神秘。那里有多少你的不可知？

韦唯让世界充满爱 / 路标在藐视崖壁 / 茅草模糊了山的阴门。

“广州那笔款子汇走了没有？”

“我告诉小王了。”

“催着点，他办事毛躁。”

“唔，不碍。”

我认识这山头，海拔是一千八百米，我们已跃上这山的最高峰。若在白天你会心惊胆战，向下望去你像随时都会粉身碎骨。车在这万山之巅从容流利地前进：

伟岸总是向后退 / 向前的是渺小 / 伟岸不动声色 / 渺小在跳跃。

真的不再有人说话，连司机这高超的表演也无人再夸耀了。我一时觉得人们一定都在酝酿自己的诗吧。是这山的高大，茅草们对它的模糊，四周顿时的肃穆使得谁也不能再做别的选择，你脑子里萌发的只能是诗。

那么我到底找到了关于诗的答案：诗要的是肃穆，在惊心动魄中的肃穆。这肃穆便是人对那个习惯了的自己的逃离，因为那个习惯的自己肯定是个奔腾着的自己。原来只有一个逃离了自己的自己，脑子才能顿时拓出一席天真的空白，大自然尽可在这空白里涂抹勾画，于是你看见了高的月近的水，水边的破碗和山所包容的一切。平时你尽可以没完没了地处理你身边的大事、小事、悲事、喜事、难事、易事，包括你的作小说，你唯独不会作诗，便是少了这肃穆赠予你的天真的空白。

车子走了很长一段下坡路，被山的伟岸惊断了的对话终也没再继续。当车子又走了一段焦急不安的石子路后，路边闪过明亮的窗户和黑的鸟窝。一切都预示着我们将到达目的地。

第二天我掏出我那本子，上面原来是一团摘不清的乱线，那是黑暗中一只被颠簸着的手在大起大落中造就下的文字。然而我认出了它们，因为那是我的诗，更确切点说是关于诗的答案。诗人们或许还会看出这诗的拙劣，可难道这思维的萌发也是拙劣的吗？

一九九〇年二月五日

散文河里没规矩

我认识一条散漫多弯的河——拒马河。这河从源头开始，便盘旋于太行之中，它绕过山的阻拦，谢绝石的挽留，只是欢唱着向前。在浩瀚的鹅卵石滩、肥嫩的草地，它是一股股细流，只当白沙和黄土做岸时，河水才被收敛起来，变成齐腰深的艳蓝。

那年我在一个有白沙做岸的小村生活、写作，村里老人给我讲了那个“河里没规矩”的故事。先前，每当夏日中午，村里的姑娘、媳妇便结伴到河中洗澡。她们边下河，边把身上的衣服一件件脱净，高高抛向身后的河岸。待到她们钻入齐腰深的河水时，自己就成了一个赤条条的自己。而这时，就在离她们不远处，一群赤条条的男人也在享受着这水。这两群赤条条的女人和男人彼此总要招来些笑骂的，但那只是笑着的骂而已，一切都因了这个自古流传下来的“河里没规矩”的规矩。然而，是女人你就不必担心，说个“没规矩”你就会招来什么“不测”；是男人你也别以为，凭个“没规矩”你就能有什么“便宜”可占。在河里，男女间那个自己为自己定下的距离就是规矩，这规矩便成了那群“没规矩”的人们从精神到物质的享受依据。这个真实的故事实在就是发生在那些半原始状态的山民中的一种现代文明，山民的半原始状态和这个现代文明一直延续到距今二十年前。可惜待到二十年后的今天，当我问及那些哼着《潇洒走一回》，衣着打扮已明显朝着都市迈进的当地姑娘时，竟无一人知道这个离她们并不遥远的文明故事。你给她们讲，她们会把脸一扭，好像你的故事反倒是伤了她们的风化。这不能不说是发生在她们身上的悲剧。

我说的散文河，当然不是拒马河，却又觉得散文其实就是一条河。那么在这条散文河里，到底又有多少规矩？假如我是一个地道的散文家，这本是不在题下的一件事，可惜我并不是一个地道的散文家，所以便将计就计就没了规矩。在这条河里游着的男女，你和衣而卧或许并无人说你文明；你赤裸着而立，顶多也只会招来几声笑骂，你还会把笑骂愉快地奉还给对方。反之，散文既是一条没规矩的河，河里自然也就有了那个自觉的规矩。伸腿下河的必得是散文吧？你实在不应该把一大堆不好归类的文字都扔进散文这条河里。那些裸着自己下河的女人连脱衣服都脱得有章有法，她是边入水边脱衣，继而是把衣服抛向岸边。于是她们不显山不显水地下了河，没有半点露“怯”之处。

章法之于文学，如果可做形式感解释，那么形式感就标榜着一篇散文独具的韵致和异常的气质。当然，问题还要牵扯到产生形式感的题材，于是我就想，散文这条河里的没规矩，或许应该指散文那形式感的自我标榜。

形式感不应只是描写技巧和作家对于零零星星韵味的寻找。形式感是就一件作品的整体而言。有位名叫奥尔班的奥地利画家说：形式感是你在作品中寻找的那种“联合体”。我常注意大散文家们对“联合体”的重视。朱自清和丘吉尔都深深懂得这个“联合体”的重要，于是他们在散文这条没规矩的河里找到了各自的规矩。

被荒唐证实着的传说

围绕一座赵州桥，有着许多故事，人们把它编辑成书，有字典样厚。那故事大都和八仙有关联。

中国人差不多都知道，鲁班修完这座长虹般的拱桥后，便有八仙纷纭而至的事：他们怀着对人间的疑惑且玩世不恭的心理，尽与鲁班开些不大不小的玩笑。先是张果老倒骑驴背对鲁班的戏弄，而后是柴王对这桥在力学方面所进行的更严峻的考验。然而鲁班经受住了这考验，在桥的存亡关头，他只身乘小舟用手托住了这桥，从此在桥的石拱上留下了永恒的凭证——一个簸箕大的手印。

包括这鲁班在内的传说毕竟是传说，八仙当然不会光顾这里，设计并主持这建桥工程的也不是鲁班，那本是隋朝大匠人李春。这些建桥的荣誉不知何时，又因了一个什么契机而转移给鲁班的。人的主观愿望原来是这样顽强，即使新中国成立后有人在桥头立塑像为李春正名，人们还是执拗地认定桥是鲁班所建，参观者还是不顾守桥者李春的存在直奔那桥的本身。也许作为一种文化现象的存在，李春和鲁班倒显得并不十分重要了吧，这本是一个民族的璀璨，就像经过几个朝代才完整起来的长城，荣耀都归于秦嬴政一人那样。

我不止一次登上赵州桥，不止一次为它那宏伟的体魄、精巧而合理的结构、美不可言的栏板装饰所倾倒。我尤其喜欢栏板上的装饰浮雕，那上面雕的尽是蛟龙的穿水和蛟龙们扭结在一起的嬉戏。

有雕塑家告诉我，这龙和水、水和龙用浮雕表现本是一件不易之事，它不似明清两代宫廷的丹墀，不似那些黄瓦朱墙前的华表石柱，那些龙们都带着一身华贵，带着一身皇族统治欲的威严，因而也带着一身程式和套数。这里的蛟龙不然，它纯属一些普通人没有限制的自由想象，好像在绘制草稿时，任何借鉴都没有，它们本是平民们大脑和手的自由驰骋。那些流畅的线，那些龙和水恰当的凹陷凸起，那些朴实无华、削石如泥的刀法，那实在是一种神奇的豪迈，是智慧和力量的结合。似这样神奇的豪迈，这样的智慧和力，你只有在欣赏罗丹和米开朗琪罗时才会有同感。

然而，这些身着粗布大袄，曾在干涸的河床里做着棉花和梨的生意的赵州人，是怎样获得这智慧和力，这神奇与豪迈的？尽管他们有大匠李春做指导。也许不止我一人在获得这欣赏的满足之后，又带着这疑问离去。

前不久我又一次来赵州，这次是陪几位文学和美术界同好来看这座桥的。中午，由这县的政府招待我们在政府招待所吃午饭。我知道这里人不讲应酬、少寒暄。此时面对这一桌连我都认作名流的来客，政府方面竟连一个作陪的也没有。只有招待所的服务员双手捧着一个个大茶盘、大脸盆忙活着上菜，一只红烧肘子足有十几斤重，连着猪蹄和盘端来；一块块油炸豆腐有半个鞋底大小且刀工之不规矩到你难以置信的地步；一脸盆“糊汤”里飘着二三寸长的粿子段和大衣扣子般大小的葱花；其余菜肴被装在盘里都像山样地满当。没有人为你劝酒搛菜，一切方便都留给你。你尽可不管不顾，你尽可吃得失态。这实在是一种境界，是一种失却了左顾右盼的境界，一种无须做作的境界。饭后，一位政府工作人员早将一筐上好的雪花梨搬上了我们乘坐的面包车。显然，它本来也是席间的一道水果点心，因了我们的急于赶路才被搬至车上的。

车开起来，大饱了那肘子、那豆腐、那山模山样的炒菜的我们，便迫不及待地打开了这梨筐。原来就像赵州人炮制了那出其不意的菜肴一样，赵州的自然不知为什么也把这梨造就得如此出人所料。每个梨足有一斤以上吧，那粗犷的模样、沉重的分量，你拿在手里像拿起了一件称手的打制工具，好像人的嘴原本是不可以对付它的。面对这个大自然的随意造就，你怎么也无法将它与珍细果品相提并论——充其量不过是个大水萝卜吧，虽然它以它的真正品格早已驰名中外了。

有人把嘴张个满圆咬下一口，在证实了这梨本不是大水萝卜之后，高叫着说：现在我明白赵州人为什么能雕出那么好的栏板了。你们想，吞个红烧肘子，喝一脸盆糊汤，再吃个斤把重的大梨，然后拿起榔头上桥。

又有人补充说：没人和你推让寒暄，你是自管自地吃饱的。

招来了一车人的笑。然而谁都觉得这是个最接近答案的答案，虽然它充满不折不扣的荒唐。

一九九〇年二月十四日

皇帝与绘画

我读中学时，历史学得很粗糙，只记住了一些“大”的朝代和“大”的皇帝的名字。由于当时的政治需要，课本也试着以农民起义为历史编年线索，弄得学生对历史更是摸不着头脑。对于像宋徽宗赵佶这样的名字就更陌生。知道赵佶这个皇帝是后来的事，知道赵佶的书画都好也是后来的事，但知道赵佶的画那么不凡，还是在北欧的挪威。一九八六年我和作家茹志鹃同去挪威参加第二届女作家国际书展，为我们做翻译的是挪威汉学家易德波女士。易德波酷爱中国书画，一次在她家做客，主人请我们看她收藏的中国书画，其中便有赵佶的《瑞鹤图》。那是一张印制精美的印刷品，好像是国外印制，因为那时的中国还不曾有这么好的印刷设备和印刷技术。面对这张画，当时我很愕然。一是在域外忽然看见了中国人的画作，二是它还出自一位中国皇帝之手。但我没有和易德波多进行交流，因为还受着她的其他收藏的吸引。数年之后我父亲去北欧举办画展，画展之后从丹麦回到挪威，曾应邀在易德波家住过一段时间。在卧室的墙上就挂着我曾见过的这张《瑞鹤图》。父亲回国后，对我说起他的那段日子，自然就提到了被易德波悬挂在墙上的这张“图”。那次父亲在北欧待的时间比较长，后来又因苏联解体，需要在莫斯科换机的航班几经延期，当时正值北欧的秋天，父亲说闲下来时他常感一丝寂寥。这时是墙上的那张《瑞鹤图》填补了他思绪中的空白。每天他一旦靠上床头，便与这群翩翩飞翔的仙鹤相见。每回他都研究一个新问题：比如有几只仙鹤姿势相同，有几只仙鹤姿势大致相同；几只仙鹤在腾空向上，几只仙鹤正向下滑；而立于鸱尾之上的那两只正在同哪位进行着交流？还有，那宫殿的屋顶是作为界画画出的，界画需要的是耐性和难耐的时间。那排列笔直的筒瓦，结构复杂得难以驾驭的斗拱……这位皇帝要花费多少时间才能画出？当然，这一切都是父亲在研究了这幅画的颜色、布局之后所产生的闲散猜想。最后是父亲对赵佶那篇瘦金体书法的反复阅读。那是一篇典雅而吉利的散文，它记载了这幅作品诞生的原因。如果事实果真如文中所记载的那样，那宋徽宗真是大福将至了：

政和壬辰上元之次夕忽有祥云拂郁低映端门众皆仰而视之倏有群鹤飞鸣于空中仍有二鹤对上于鸱尾之端颇甚闲适余皆翱翔如应奏节往来都民无不稽首瞻望叹异久之经时不散迤逦归飞西北隅散感兹祥瑞故作诗以纪其实

在北欧与宋徽宗“相遇”的往事给父亲留下了美好印象，可惜我家没有《瑞鹤图》的印刷品，几年之后我才在人民美术出版社一九七八年出版的一本国画选集中找到了它。说实话，作为一个中国人，我受中国画吸引的时候很少，我感到它那程式化的构图、程式化的笔墨很难让人肃然起敬。但面对这位皇帝的《瑞鹤图》，我还是再次被震撼了，原因在于它那完全有别于中国画的章法，以及它那颇为大胆的用色。用偌大面积的普蓝作为画的基调，是要有些胆量的。当我粗略地了解了中国画发展的脉络之后，突然觉得，宋徽宗的构图、颜色、笔墨为什么没有得到发展呢？显然这位中国皇帝的艺术观念在当时的中国已经属于先锋主义了。我们只知道“八大山人”对中国画的离经叛道，却没有注意到宋徽宗的先锋意识。不然，中国画的道路就不会自宋元以后变得那么单一狭窄了。

但是赵佶的故事，在中国美术史上始终是众说纷纭。说他因迷恋艺术不理国事，穷奢极欲；说他利用诗词书画歌舞升平，而自己的江山已处于崩溃之前夕；还有人说他的画作是和助手一起完成的……但署名赵佶的书画毕竟已是中国艺术宝库中不可忽略的一个重要组成部分。而许多迹象表明，它们并不是粗制滥造的赝品。在这时，历代收藏的钤印能够成为不可颠覆的证明。只有在这时，我才又想到画家在画“界画”时所要付出的大量劳动，因此，皇帝要雇用个把助手为他用尺子描摹，当属一个画家在作画过程中正常范围内的事了。并且我愿意相信，宋徽宗的作品不是出于一个匠人成堆的作坊。

武强年画

近几年，我曾几次有机会去河北的衡水，因为那儿有我的一些朋友，也因为那儿是武强年画的故乡。

衡水也属冀中平原，离我的祖籍很近。从前，我的祖籍是武强年画发行的一个重要区域。听父辈们讲，每逢春节，最先给家乡带来欢乐气氛的便是武强年画。这时，经营武强年画的商人、小贩就统治了这里的集镇。年画在这里铺天盖地，争奇斗艳，直至每一个村子里每一户有购买力的人家对年画的需求达到饱和为止。于是这些被年画装点起来的村子和人家，整整一年的夙愿才算得到满足。可见，少了年画，这些黄土平原的年节，会变得多么难耐和凋零。

武强年画的一个大项是灯方，而灯方多是戏出。这是一小方被糊在方形油灯架子上的画纸，用木版和粉连纸印成。

戏出的内容除京剧外，多是当地的地方小戏。据说当年节临近，作为年画基地的武强更是热闹得难以想象。有歌谣云：山东六首半个天，不如四川半个川。都说那里人烟厚，不如武强一南关。戏出唱了千千万，不知戏台在哪边。歌谣是形容每逢过年时，武强南关人山人海观戏和购买年画之盛况，胜过了山东和四川（大约山东和四川亦有年画的热闹）。“不知戏台在哪边”，是说在挂满街头的年画里戏画居多，故乡年节时的年画风景若与这歌谣所唱的相比，则是小巫见大巫了。听武强年画博物馆的工作人员说，当年灯方戏画销路看好的大概有五十余种，《连环记》便是其中之一。这次我得到博物馆赠予的两种《连环记》，回来后翻些资料，发现这两种并非是同一个年代的版本，一种属于晚清，另一种显然出自民国。《连环记》讲的是三国里的故事。故事说，当时董卓专权，众臣皆恨之，司徒王允便设下将义女貂蝉先许吕布再许董卓的连环计，使董、吕二人反目，自相残杀，达到为民除害的目的。我手中的这两幅《连环记》都是以戏曲演出为根据的，用四幅连画的形式创作而成。本文从两种版本中各选出一幅：一为“定计”（晚清版）：貂蝉跪地拜月，王允持扇走来，与貂蝉共商定计之事；另一幅（民国版）是吕布与貂蝉在凤仪亭相会，被董卓下朝回来撞见。这两幅画虽然都具有武强年画的风格，但前一种构图严谨，人物服饰考究，刀法、设色大气成熟，把握人物也准确无误，显然出自一位成熟的民间艺人之手，也代表着武强年画巅峰期的水准。而后一种就叫人觉得画师为了追求时尚，放弃了对艺术的严肃态度。我们看到，那本为正派女子的貂蝉，现在却身着时装短旗袍，珠花满头，口咬小指，裤巾外露，表情轻佻，恰似一个风尘女子。有资料记载，武强年画形成的巅峰时期，画店经纪人和画师之间，曾经有一段非常默契且又符合艺术规律的创作过程。画师们先有“深入生活”的阶段，而后才进行构思并完成创作。史料载：“戏园切末摆来精，尺许红条等戏名。栗子葡萄梨共枣，更饶瓜子落花生。”这时，店主要先请画师到具有这种氛围的戏园里看戏。画师当看到戏中最精彩的表演时，便用预先准备好的纸和炭笔，把人物的动作勾勒出来，散戏后再到画店，整理“素材”于木版上，再刻板为画。而到了民国，画师们吃着老本不再去弄这种严肃的艺术创作，加之民国时期局势不稳，人们追求时尚，戏画最终流于低俗。当时社会审美趣味的混乱也为这种风气大开了方便之门，就像袁世凯中西合璧的登基一样，龙旗和洋鼓洋号并存。在后来的年画中，我还见过小脚女子戴着巴拿马草帽做体操。画店为了年画的销路，还要在一方小小的粉连纸上不断地出新，有些新增添的内容更迎合消费者的心理，比如灯方上灯谜的出现就加强了灯方的趣味性，那灯谜和戏出的内容也可以毫无关系。例如在《打金枝》的戏出上加上“香油炸豆腐”（打二古人名），谜底为黄盖、李白；在《大保国》上面加一“席”字（打二味中药名），谜底为广皮、归尾。这个“归”字当是繁体的“歸”。父亲和伯父都向我讲述过戏画和灯方在儿时带给他们的欢乐，而戏画给予父亲的则更多。他在他的画同“后记”中写到少年时在故乡受两种艺术形式的影响，一种是基督教的宗教绘画，一种便是武强年画。父亲说，他曾在老家院子的青灰墙上，以武强年画为母本，用木炭画过十几米长的壁画。

我真正在灯上看到戏画是五年前——那时我和有关部门协商，为老家的村子绿化了街道。春节时，我走在村中那被绿化了的街道上，欣赏着新鲜路面和春节给村子带来的喜悦。这时，家家户户高大的门楼下都挂着尼龙纱红灯，红纸金字的春联在灯下闪耀。只在一个有别于这种布置的老式门楼下，我发现了两只老年间的方灯，灯上糊的便是武强戏画。戏出和灯谜都有，戏出是《武松打虎》，灯谜是“一口吃掉个牛尾巴”（打一字），我想那应该是个“告”字吧！不知为什么我想到了告别，也许它是这个村子里最后的一幅戏画了。

德加眼中的芭蕾舞女

我的中学时代基本上是一个不崇尚读书的时代，不特别注重学生功课的好坏。再说，好又如何？因为没有大学可念，我们毕业后的前途，多半是去乡村务农。仿佛就为着务农，初中二年级时学校还开了一门“农业”课，有很多化肥的内容，氮磷钾、人粪尿什么的。可以想见学生对待这门课的不认真态度。那么，我们的注意力到底在哪里呢？那时各年级几乎都有毛泽东思想宣传队，用文艺节目的形式宣传毛泽东思想。年级和班级之间经常搞些文艺演出，再显赫些，还能参加市一级的中学生汇演。对待功课的不认真，促成了文艺活动的空前“繁荣”，加之工厂、军队的文艺团体也经常到学校来挑选文艺人才，如果被选中，我们的前途将不再是乡村，这对许多学生来说实在是太大的吸引，相当一批同学都盼望尽快发现自己身上的文艺细胞。很快我就热衷于宣传队的活动了，宣传队能释放我充沛的精力，能满足我小小的希望单调的服装有所变化的虚荣心，能让我接近我所热爱的舞蹈。

我热爱舞蹈，尤其是芭蕾舞。那个年代中国仅有的也是最著名的两部芭蕾舞剧《白毛女》和《红色娘子军》拍成电影之后，可以使我这个生活在中等城市的小观众不厌其烦地看个没完，这期间我们这座城市的专业文艺团体也正努力试着上演这两出难度很大的舞剧。不过在内心我瞧不上这外省的芭蕾，这里的芭蕾舞演员大多是由跳民族舞的半路改行的，缺乏扎实的基本功。我最崇拜上海芭蕾舞团那位在《白毛女》里跳“白毛女”的名叫石钟琴的女演员，那时如果有人要我挑出世间最完美的女人，我就会说是石钟琴。我还收集了各式各样的芭蕾舞剧照，从家中残存的那些旧画报上寻找她们的蛛丝马迹。英国的、法国的、日本的、苏联的、古巴的……我把这些国家的演出剧照从画报上剪下来，粘贴在一个十六开的硬皮本子上，经常独自欣赏或独自模仿。不久，我的家庭还认识了来自北京铁道部文工团的一位芭蕾舞教师，这教师姓张，在他们团的《红色娘子军》中跳过洪常青，我叫他张老师。张老师是随文工团到我们这座城市的一所监狱进行思想改造的，时间大约一年。当然，监狱并没有把他们当成犯人，他们在这里过着半军事化的集体生活，除去周末，平常的行动是不自由的。不知我的父母怎样认识了张老师，总之他们认识了并且相处得很好。现在想来，那是一种知识分子之间的同病相怜吧。张老师经过了一周的学习、劳动后，周末来到我家，能吃一顿比平常的伙食可口的饭菜，能让紧张的神经暂时放松一下。张老师就在这样的日子里对我进行了芭蕾舞最初的基本功训练，站位、踢腿、一些旋转……让我激动不已的是，他还送给我一双芭蕾舞鞋。那时他们也经常在改造思想之余为监狱的干部职工演出，这鞋一定是他从女演员那里“偷”出来的。当我第一次穿上这双淡绿色的、鞋尖填有软木的芭蕾舞鞋，用脚尖站立起来时，我有一种自己高于一切的感觉。我不能不认为，芭蕾舞是一切舞蹈中的舞蹈。它是如此高雅，如此超凡脱俗。我把芭蕾舞鞋带到学校，立刻被毛泽东思想宣传队的同学们所羡慕。我忘乎所以地认为，我能够成为一名芭蕾舞演员。我在张老师指导下的练功还算刻苦，后来还曾被一个部队文工团选中。虽然我最终没有去专业团体跳舞，但我一直感谢那位和蔼的张老师对我的舞蹈训练。这训练使我对自己的身体充满自信，使我在那个不强调女性特征的年代里也敢于挺起自己的胸；还有对美的辨认，对生活的爱。认识德加也是从这时开始的。

德加一生有少数几个常画不衰的重要题材，芭蕾舞演员便是其中之一。最初我并不喜欢德加对芭蕾舞演员的描绘，他的描绘让我感到困惑。他笔下的芭蕾舞演员没有挺拔、傲然的身姿，典雅、飘逸的舞步和仙女样的容貌。她们的面孔多半是模糊的，神情多半是倦怠的，身材也谈不上婀娜，甚至给人以畸形之感。比方《舞蹈教室》，那拄棍而立的老师和学生之间分明是一种紧张并且对立的关系。那教师的心中是有火气的，而学生们却显得心不在焉。有人在说小话，画面左侧那个女生在挠后背，还有人在东张西望。在这里你看不见舞蹈的神圣，有的只是一些不情愿的动作。年少无知的我以为德加不是不懂芭蕾舞就是不会表现芭蕾舞。我尤其不能容忍的是，他把那些女孩子的腿都画得那么短，这和我收集的那些剧照相差多么遥远啊。

成年之后我又看德加，还是同样的几幅画，我却被深深打动了。是因为我有了一些写作的经历，知道了一些写作历程的艰辛吗？是因为我有了一些生活的经验，知道了一点生活在本质上的不容易吗？德加的时代，在巴黎的上流社会，观赏芭蕾舞是一种流行的消遣。剧院的观众可以自由地出入舞者的更衣室和舞台两侧，还可以看预演。这使出身上层的德加能够深入地了解舞台大幕背后的舞者。那些从七八岁就开始习舞的女孩子，多半出身低微，为了争取比较长久的演出，挣得比较稳定的薪水，她们必须进行极其艰苦的训练。这艰苦的内涵也是复杂的，一些女孩子很可能还盼望能在来往于后台的观众里找到自己可以以身相许的丈夫。这就是德加的视角，他近于冷酷地拂去了芭蕾舞那种优雅、超凡的公众性一面，他强调它枯燥、乏味而又无休无止的训练，他抓取的是舞者背对观众时的那些更加生活化、私人化的极其真实的“偶然瞬间”。《舞蹈教室》《舞台上的舞者》和其他作品里都有这样的“偶然瞬间”。在这样的瞬间里，舞者的疲乏和劳累是显而易见的，这时我才有点明白为什么德加把芭蕾舞女的腿都画得偏短并有一种僵硬感。那像是过度的压力所致，那也就暗喻了德加对艺术本质的看法：艺术和生命都是寂寞的，在所有艺术的后台上永远有着数不清的高难度的训练，数不清的预演、排练，数不清的单调乏味的过程。即使在《舞台上的舞者》这样表现正式演出的画面上，我们仍然能够从德加精心构图的俯视角度，在短暂地欣赏了舞者那华丽的轻盈欲飞的舞姿之后，立刻发觉隐在侧幕内的一个露出一半的黑衣男人。那就是舞蹈质量的监视者吧，他使画面呈现出一种不稳定的拘谨氛围，使观众从瞬间的超然回到了活生生的世俗。在德加的眼里，最高雅的芭蕾舞演员和最凡俗的熨衣女工之间并没有太大的差异，她们都是劳动着的人，她们都为生存付出着超常的体力。在《熨衣女工》里，那个毫不掩饰地打着哈欠的女工，很容易让人想起那些疲倦地整理着舞衣的芭蕾舞女。

德加的冷静、挑剔和他对芭蕾舞演员入木三分的挖掘、刻画，彻底“破坏”了少年时我对艺术那虚无缥缈的肤浅理解。我想，少年时我对芭蕾舞的梦想毕竟更多的是追逐它那华丽而又神秘的一面，我从来就没有为它的枯燥和受罪做过准备。所有的艺术都是永无休止的劳动，而劳动本身是不分高雅和低俗的。当我坐在桌前面对白纸开始我的劳动时，德加的《熨衣女工》有时候会出现在我的眼前。

想起阿尔那张床

我见到梵高的油画原作《梵高在阿尔的卧室》，是在芝加哥艺术博物馆。像历史上许多真正的画家那样，法国后期印象派的大师们，也为我们所生存的这个世界留下了大量艺术珍品。那幅《卧室》则是被后人公认的一幅珍品。

那是梵高在法国南部小城阿尔租赁过的房子，人称黄房子。一张粗笨、简朴的木床占据了卧室的主要部分。梵高在那里生活窘迫，创作狂热，度过了近十五个月。那张床及床周围的环境，真实记下了当时的一切。躺在那张床上，梵高渴望被人理解，理解自己的艺术，理解自己的内心世界。他最渴望的莫过于好友——后期印象派另一位画家高更的到来了。为了迎接也正在贫病交加中的高更，他用其弟每月接济他的仅够糊口的法郎，热忱地为高更准备了一切，包括一张远远好于自己那张床的胡桃木床。他希望高更住下来同他一起探索艺术，享受友谊。

高更来了。但梵高并未如愿。为什么？为了争论，为了艺术家必不可少的争论。开始是彼此可以容忍的争论，继而则不能忍让。高更劝梵高冷静地去描绘，而梵高却大嚷着要“狂热地画”，并指着窗外的葡萄园说：“高更，留神！那些葡萄就要胀裂，把汁直滋进你的眼睛！”再后来，他们如同两个异性电极，一碰就炸。而当他们争论得精疲力竭，两人的头脑又似放了电的电瓶。之后，烟草和苦艾酒又会将他们的争论再次引向高潮。阿尔天翻地覆了。高更骄傲地离去，梵高不久也结束了自己的生命。黄房子空了。

并非争论使他们成为朋友又成为同一画派。因为他们是同一画派，才产生了友谊，也才产生了你死我活的争论。

艺术家之间的争论，不是自他们始，也没有以他们告终。比如那些美术学府里的画室制，由于画室领导人艺术主张的差异，致使一个画室仿佛就是为了反对另一个画室而存在。隔壁的事，他们往往既陌生又愤愤然，但在美术教学方面，画室制却成了大多数国家公认的好经验。

“百家争鸣”，百事俱兴。前提是争鸣的气氛。“百家”得以存在，本身就是一个时代广博、自由的象征。争鸣便少不了各抒己见，少不了争论。被人称作后期印象主义的才只三五人，他们的艺术主张又是那么接近，但争论却是那么激烈地持续着，致使许多人认为梵高的短命和高更的到来有关。然而我依旧认为，阿尔的那场争论正是他们锋芒毕露、艺术成熟，共同揭竿而起超越印象主义的信号。他们各自所持的艺术见解均付诸事实了，地球上留下了他们争论着的功绩。

我不具备争论的天才，却也同人有过争论。那次开会，我和山东作家张炜为了一个现在看来微不足道的问题争论过。在座的还有李杭育、乌热尔图、郑万隆。我记得我的观点是他们共同反对的。当我最终不能用逻辑严谨、明白晓畅的理由说服他们时，我便拍床，并模仿张炜的山东口音。其实，我那举止不过是一种任性，一种资本的不足，一种小气。

然而争论本身毕竟使我兴奋，因为同行们的见解衬托出了我学识的浅陋，我获得了益处。我相信碰一鼻子灰也比没有鼻子好。

艺术在争论中繁荣、发展，倘若将它变为人身攻击，该多么令人遗憾。假使人们为了击败对方的艺术见解，不惜去诅咒上帝赋予他的不可改变的那些部分（包括他的口音和他观点以外的其他）；假使人们为了击败对方，不惜否认自己本来承认的观点，我以为这便是对“百家争鸣”的亵渎，是艺术繁荣的悲剧。假使梵高被高更气昏了头便去嘲笑高更那个“从左眼一直落到右嘴角的大鼻子”，我便不会在“那张床”前停留那么久。但是高更却信口污蔑梵高亲手为他烧制的汤，说那汤简直是用坏颜料调和出来的东西。他消遣着梵高，不珍惜梵高对他的友谊，并有意刺伤他。为此，张承志曾骂骂咧咧地对我说：“高更那小子真他妈不是东西。”

虽然两位画家都为后人留下了可观的精神财富，虽然我喜欢高更的绘画并不亚于喜欢梵高的绘画，但每每想起阿尔那张床，我便记起了张承志那句骂骂咧咧的话：高更那小子……

每个人都有权利去评判历史为我们留下的一切，骂梵高的人也不一定比骂高更的人少。但是我却觉得，高更用生命去爱绘画，用生命的闲暇去爱其他；梵高则用生命去爱一切。也许这不完全是高更消遣了梵高的全部原因，可是高更走了，阿尔的另一张床空了。尽管画面那张床上永远并排安放着两只枕头，但梵高的渴望终未得到回应。

美术尚且如此，谁能设想文学能被纳入一种样式？文学家自己更无须给自己正在探索着的一切，断言分配出等级。我们每天看到的太阳才是宇宙天体中星球之一。其实许多星星都远远大于太阳本身，只是距我们遥远罢了。近大远小，是透视学的一种规律。

梵高的弟弟（一位艺术鉴赏家）曾劝告初到巴黎的梵高不要模仿别人，说在巴黎能模仿早期印象派的画家起码有五百人。梵高悟出了这个道理，他走了，带着他早些年在博里纳日阴湿的煤矿里练就出的“蒸土豆精神”，带着他对土地、对劳动和劳动人民的厚爱来到阿尔。在阿尔火焰般的阳光下，他找到了自己的太阳——表现生活的独特手段。你看画面上那些果子的果汁不是就要把果子撑开吗？果核中的种子也仿佛正在为结出自己的果实而努力；丝柏就像永远点燃着的火炬；深谷、耕地、麦田、小车、房子、马、向日葵和太阳全都随着一个节奏在跳舞。那是梵高的节奏。

梵高在阿尔的那张床从来就没有安静过。

罗丹之约

早春的时候，差不多所有的中国人都知道罗丹作品要来中国了，他的《思想者》，他的《地狱之门》，他的《青铜时代》，他的《加来义民》，他的《吻》……这些作品将先后在北京和上海展出。

在罗丹的国家法国，在巴黎瓦雷诺大街的罗丹博物馆，当坐落在庭院内的《思想者》被一辆蓝色大吊车长长的吊臂轻轻吊离基座装进木箱时，数百名法国艺术名人默默注视着他，无数的摄像机和照相机镜头一齐对准了他的缓缓升起。他们为他送行，他们都知道，这座巨大的铜像斑驳的雕塑自一九〇六年安放在这里以来，从未离开过故乡。现在他就要出走，而且是第一次远足。他初次远足选定的目标便是东方的中国。

把法国最伟大的青铜作品介绍到具有伟大的青铜文明的古老中国，也许是再合适不过的选择了。这又仿佛是罗丹生前的一桩心愿，因为神秘的东方艺术也曾经给过他强烈的震撼。

于是我便乘火车去北京看罗丹。

小时候我就看过罗丹，当然那只是些印刷品。其中两件作品给我的印象最深：一件是身披宽大睡袍，显出任意散漫着的巴尔扎克；一件是筋肉松弛的裸体雨果。少不更事的我曾经很不明白为什么罗丹要将两位大作家弄成这样。在孩子的眼中，他对他们二位显得太随意了。成人之后才发觉罗丹是多么坦率地对待了他这两位法国朋友，而他这两位朋友又是多么坦率地要求罗丹把他们弄成这样。有本书中曾经提到，巴尔扎克认为罗丹只有把他弄成这模样，他才是真正的巴尔扎克。于是至今每当人们提及巴尔扎克和雨果时，我眼前掠过的首先不是他们的著作，而是罗丹手下的那个“他们”。我想这便是他们作为艺术家和作家的共同卓识与见地吧，是这种卓识和见地掠夺了观众的记忆。罗丹具备这种掠夺观众记忆的力量，他掠夺了我的记忆，他在我心中就日渐伟大起来；他占有了我的记忆，我的记忆里便永远有了罗丹。

春风和煦，阳光明媚，我在中国美术馆门前安静地排着队等待购买门票。长长的队伍一直保持了少有的顺和与规矩，似乎来看罗丹的人们是有约在先的。人们在一瞬间变得相互友好和理解了。

然后我首先看见了《思想者》，他被安放在美术馆庭院的正中，正面向着熙熙攘攘的大街和一片片古老的灰瓦屋顶。他坐在岸石之上，全身赤裸，蜷曲着自己；他一手握拳抵住下颌，咬肌紧张地正陷入着沉思。这本是一个众人熟知的形象，这个几乎有点程式化了的姿势乍一看去，甚至没能唤起我的新奇之感。而当我绕到他的背后时才真的激动起来，我惊讶于罗丹在思想者脊背上所倾注的良苦用心：原来在这面宽厚、雄健的脊背上，组织明确的肌肉群如汹涌的波涛正有节律地涌动起伏，使我忽然明白了罗丹在创作之初何以能摆脱诗人但丁原型的束缚，把身着裙装、面庞清癯的苦行僧形象换成了今天的“思想者”。在这位肌肉发达、强壮雄健的思想者身上或许融入了艺术家全部痛苦而又美好的理想吧？他渴望从雄健的身体里发生雄健的思想，或者只有如此雄健的身体才有产生雄健思想的力量？罗丹不忽略思想者的头颅，但他更倾心于支撑这头颅的躯干。于是即使思想者的一面脊背也成了表现这雄健思想不可缺少的因素。于是我在他的被观众冷淡着的脊背上初次发现了一个完整的思想者，在这面脊背上，他那紧张而痉挛着的每一个细胞都使我生出的一种全新的幸福感。我很为这一瞬间，这个我独自占有的瞬间而满足。继而又想到，面对一件伟大的作品，人们都在人云亦云时，议论的或许都是它那被观众（或读者）自己程式化了的正面吧，对于它的背面却每每会粗心地忽略过去，尽管作者曾经苦心用尽地去经营它的背面。如今一个完整的《思想者》终于给了我能够思想的力量。

能够思想者是美丽的。有力量思想的人也必是幸运的吧？

我感觉到了幸运，这幸运来自一个完整的《思想者》；我感觉到了幸运，还在于在《思想者》面前我与我的两位同行不期而遇。他们是山西作家蒋韵和李锐夫妇，他们说，他们也是专门乘火车赶来北京看罗丹的。虽然山西、河北两省相邻，我们却已有几年不见。

我们惊喜地互相注视着，眼前掠过着陌生的观众，身后有“青铜时代”、“加来义民”和克洛代尔美丽的躯干。罗丹包围了我们，令我们忽然意识到，我们本是共同赴了罗丹之约而来，只有罗丹才有如此的魅力吸引我们从各自的城市聚到这里。

我们惊喜地互相注视着，不提罗丹，也不提他为我们创造出一切神奇。我们甚至没说什么话，我好像害怕这份奢侈的突然消失，又仿佛在罗丹面前我们无须语言，我们都已明了思想者才是美丽的。

人生的奢侈却原来是极为有限的，《思想者》们能够远涉重洋落座于古老的北京已经不易，我能够亲眼看见这些人类的奇迹，我还能够在这奇迹面前与久违了的外省友人相遇，这已算得上是人生的奢侈之一。要紧的不在于这奢侈转瞬即逝，要紧的在于你真的奢侈过，即使罗丹已回故乡，即使友人也离你而去。

入冬时节，蒋韵从山西打电话来又说起罗丹，她告诉我说，我们去看罗丹那天是三月十日，那天是她的生日。

我一直相信，在我们各自的心里，都深深感谢着罗丹。是罗丹约会了我们，是共赴罗丹之约，使我们得以收获悠远而长久的思想的时光。